老舍 著

牛天赐传

作家出版社

目录

一　天官赐福

要不是卖落花生的老胡，我们的英雄也许早已没了命；即使天无绝人之路，而大德曰生，大概他也不会完全像这里所要述说的样子了。机会可以左右生命，这简直无可否认，特别是在这天下太平的年月。他遇上老胡，机会；细细地合算合算，还不能说是个很坏的机会。

不对，他并没有遇上老胡，而是老胡发现了他。在这个生死关头，假如老胡心里一别扭，比如说，而不爱多管闲事，我们的英雄的命运可就很可担心了。是这么回事：在这个时节，他无论如何也还不会招呼老胡或任何人一声，因为他是刚降生下来不到几个钟头。这时候他要是会说话，而很客气地招呼人，并不见得准有他的好处；人是不可以努力太过火的。

老胡每天晚上绕到牛宅门口，必定要休息一会儿。这成了一种习惯。他准知道牛氏老夫妇绝不会照顾他的；他们的牙齿已过了嚼糖儿豆儿的光荣时期。可是牛宅的门洞是可爱的，洁净而且有两块石墩，正好一块坐着，一块放花生筐子，好像特为老胡预备下的。他总在这儿抽袋烟，歇歇腿，并数一数铜子儿。有时候还许遇上避风或避雪的朋友，而闲谈一阵。他对这个门洞颇有些好感。

我们的英雄出世这一天，正是新落花生下市的时节，除了深夜还用不着棉衣。天可是已显着短了；北方的秋天有这个毛病，刚一来到就想着走，好像敷衍差事呢。大概也就是将到八点吧，天已然很黑了，老胡绕到"休息十分"的所在——这个办法不一定是电影院的发明。把筐子放好，他掏出短竹管烟袋；一划火柴，发现了件向来没有在那里过的东西。差点儿正踩上！正在石墩前面，黑乎乎的一个小长包，像"小人国"的公民旅行时的行李卷——假如小人国公民也旅行的话。又牺牲了根火柴，他看明白了——一个将来也会吃花生的小家伙。

老胡解开怀就把小行李卷揣起来了。遇到相当的机会，谁也有母性，男人胸上到底有对挂名的乳啊。顾不得抽烟了，他心中很乱。无论是谁，除了以杀人为业的，见着条不能自己决定生还是死的生命，心中总不会平静。老胡没有儿女，因为没娶过老婆。他的哥哥有儿子，但是儿子这种东西总是自己的好。没有老婆怎能有儿子呢？实在是个问题。轻轻地拍着小行李卷，他的心中猛然一亮，问题差不多可以解决了：没有老婆也能有儿子，而且简单得很，如拾起一根麻绳那么简单。他不必打开小行李卷看，准知道那是个男小孩；私生的小孩十个有八个是带着小麻雀的。

继而一想，他又为了难：小孩是不能在花生筐子里养活着的，虽然吃花生很方便，可是一点的小娃娃没有牙。他叹了口气，觉得做爸爸的希望很渺茫。要做爸爸而不可得，生命的一大半责任正是竹篮打水落了空！

不能再为自己思索了，这太伤心。

假如牛老夫妇愿意收养他呢？想到这儿，老胡替小行李卷喜欢起来。牛老夫妇是一对没儿没女而颇有几个钱的老绝户，这条街上谁都知道这个，而且很有些人替那堆钱不放心。

他拍门了，正赶上牛老者从院里出来。老胡把宝贝献出去。牛老者是五十多岁的小老头，不怎么尊严，带出来点怕太太的精神，事实上也确是这样。老者接过小英雄去，乐得两手直颤，“在这儿捡起来的？真的？真是这里？”

老胡蹲下去，划了根火柴，指明那个地方。老者看了看，觉得石墩前确有平地跳出娃娃的可能，“自要[①]不是从别处拾来的就行；老天爷给送到门上来，不要就有罪，有罪！”可是，“等等，我请太太去。”老者知道——由多年的经验与参悟——老天爷也大不过太太去。他又舍不得放下天赐的宝贝，“这么办好不好，你

---

① 自要：只要。

也进来？”于是大家连同花生筐子一齐进去了。

牛老太太是个五十多岁很有气派的小老太太，除了时常温习温习欺侮老头儿（无论什么都是温故而知新的），连个苍蝇也舍不得打死——自然苍蝇也得知趣，若是在老太太温习功课的时节飞过来，性命也不一定安全，老太太在动气的工夫手段也颇厉害。

老者把宝贝递给了太太。到底太太有智慧，晓得非打开小卷不能看清里边的一切。一揭开上面，露出个红而多皱的小脸，似乎活得已经不大耐烦了。老太太的观察力也惊人，“哟！是个小娃娃！”越往下看越像小娃娃，可是老太太没加以什么批评。（真正的批评家懂得怎样谨慎。）直到发现了那小小的男性商标，她才决定了，“我的小宝贝！”这个世纪到底还是男人的，虽然她不大看得起牛老者。

“咱们，咱们……”老者觉得非打个主意不可，可是想不出；即使已想出，也不便公然建议。

“哪儿来的呢？”老太太还不肯宣布政策，虽然已把娃娃揣在怀中。

老者向老胡一努嘴；远来的和尚会念经。

老胡把宝物发现的经过说了一番，而后补上：“我本想把他抱走，我也没有儿子，可是老天爷既是把他送到府上来了，我怎能逆天行事呢！”他觉出点替天行道的英雄气概。

“你也看明白了那个地方？”老太太向老头儿索要证据。

“还摸了摸呢，潮渗渗的！”老者确知道自己不敢为这个起誓。

“真是天意，那么？”老太太问。

“真乃天意！”两位男子一齐答对。

这时候，第三位男子恐怕落后，他哭了。在决定命运的时机，哭是必要的。

“宝贝，别哭！”老太太动了心，“叫，叫四虎子找奶妈去！”

老胡看明白，小行李卷有了吃奶的地方；人生有这么个开始也就很过得去了。他提起花生筐子来，可是被老太太拦住，“多少次了，我们要抱个娃娃，老没有合适的；今天老天爷赏下一个来，可就省事多了。可是，不许你到外边说去！哼。”她忽然灵机一动，又把小行李卷抱出来，重新检查，这回是由下面看起。果然发现了，小细腿腕上拴着个小纸片。“怎样！”老太太非常的得意。

老头儿虽没有发现的功绩，但有识字的本事，把小纸片接过去，预备当众宣读。老者看字大有照相的风格，得先对好了光，把头向前向后移动了好几次。光对好了，可是，“嗯？”又重新对光，还是，“嗯，怎么写上字又抹去了呢？”

老太太不大信任老伴儿的目力，按着穿针的风格，嘬着唇，皱着眉，看了一番。果然是有字又抹去了。

什么意思呢？

“看看后边！”老太太并非准知道后边有字，这是一个习惯——连买柿子都得翻过来看看底面。

后面果然也有字，可是也涂抹了。

“这个像是‘马’字。”老者自言自语地猜测。

老胡福至心灵，咂摸透了点意思：“不是男的，就是女的，总有一个姓马的；谁肯把自己的娃娃扔了呢，所以写上点字儿；又这么一想啊，不体面，所以又抹去了：就好像墙上贴了报单儿，怪不好看的，用青灰水抹抹吧，一个样；大概呀，哼，有难说的事！”老胡为表示自己的聪明，话来得很顺畅；可是忽然想起这有点不利于小行李卷，赶紧补充上：“可也不算什么，常有的事。”还觉得没完全转过弯儿来，正要再想，被老太太接了过去：“有你这么一说！”

老胡觉得很对不起小行李卷！

可是老太太照旧把娃娃揣起去了，接着说：“虽然是老天爷赏的，可并不像个雪花，由天上掉下来；他有父母！要不怎么我嘱咐你呢，你听过《天雷报》[①]？这是一；我们不愿以后人家小看他，这是二。你别给喧嚷去。给他十块钱！”末一句是对牛老者下的令。

十块钱过了手，老者声明：“六块是太太的，四块是我的。”

老胡怪不好意思的，抓了把花生放在桌上，“山东人管花生

① 《天雷报》：京剧曲目，讲述了张元秀夫妇收养被遗弃的孩子继保，继保长大成人后得作高官回家祭祖却不肯与张元秀夫妇相认，致使这对养父母悲愤而终，继保遭殛的故事。

叫‘长生果’，借个吉利，长命百岁！”

老太太听着很入耳，“再给他十块，怪苦的，自要别上外边说去！”

老胡起了誓，绝不对任何人去说。于是十块钱又过了手，照样是“太太的六块，我的四块”。

老胡走了。

“四虎子这小子上哪儿玩去了？！”老者找不到四虎子，“我去，我自己去！”

“找不到奶妈就不用回来，听明白没有？”老太太鼓励着老伴儿。

“找到天亮也得把她找着！”老者也很愿努力。

老者走后，老太太细看怀中的活宝贝，越看越爱。老太太眼中没有难看的娃娃，虽然刚生下来的娃娃都那么不体面。嘴上有个肉岗，这便是高鼻梁。看这一脑袋黑头发，其实未必有几根，而且绝对的不黑。眼睛，更不用说，自古至今向无例外，都是大的。老太太的想象是依着慈爱走的，在看娃娃的时节。

拍着，逗着，歪着头看，牛老太太乐得直落泪。五十多岁有了儿子！而且是老天爷给放在门口的。就说是个丫鬟或老妈子给扔在这儿的吧，为什么单单扔在“这儿”，还不是天意？这一层已无问题。然后盘算着：做什么材料的毛衫，什么颜色的小被子，裁多少块尿布。怎样办三天，如何做满月。也就手儿大概地想到：怎样给他娶媳妇，自己死了他怎样穿孝顶丧……

可是，怎么通知亲友呢？一阵风由天上刮下个娃娃，不大像话。拾来的，要命也不能这么说，幸而四虎子没在家，又是天意，这小子的嘴比闪还快。老刘妈，多么巧，也出去了，她的嘴也不比闪慢。两条闪都没在家就好办了，就说是远本家承继过来的——在很远很远的地方住。不对，住得那样远，怎能刚落草就送到了呢？近一些吧，刚生下来，娘就死了，不能不马上送来，行；可怜的小宝贝！

叫什么呢？“天意”“天来”，都不好。“天来”像当铺的字号；“天意”，不是酱园有个“老天义”吗？天——反正得有个“天”，“天官赐福”，字又太多了。哼，为什么不叫“天赐”呢？小名呢，“福官”！老太太一向佩服金仙庵的三位娘娘，而不大注意孔圣人，现在更不注意他了。

这样，我们的英雄有了准家准姓准名。

二　歪打正着

合起来说，咱们算是不晓得牛天赐的生身父母是谁。这简直是和写传记的成心作难。跑马场上的名马是有很详细的血统表系的；咱们的英雄，哼，自天而降！怎么，凭着什么，去解释与明白他的天才、心力，与特性等等呢？这些都与遗传大有关系。就先不提这些，而说他的面貌神气；这也总该有些根据呀。眼睛像姥姥，一笑像叔父，这才有观念的联合，而听着像回真事儿。人总得扛着历史，牛必须长着犄角。咱们的英雄，可是，像块浮云，没根儿。

怎么办呢？

只有两个大字足以帮助我们——活该。

这就好办多了。不提人与原始阿米巴[①] 或星云的关系，而

① 阿米巴：一种原虫。

干干脆脆卖什么吆喝什么。没家谱，私生子，小行李卷，满都活该。反之，我们倒更注意四外敲打这颗小小的心的东西是什么。因为这些是有案可查，一个萝卜一个坑的。没有猜测、造谣，与成见的牛老夫妇，四虎子，小毛衫，尿垫子……是我们不敢忽略的；这些便是敲打那颗小心的铁锤儿们。遗传，在“心”的铸造上，大概不见得比教养更有分量。咱们就顺着这条路走吧，先说说牛老者。

世上有许多不容易形容的人，牛老者便是一个。你刚把光对好，要给他照了，他打个哈欠；幸而他没打哈欠，照上了；洗出来一看，他翻着白眼呢。他老从你的指缝里偷着溜开。你常在介绍医生、神相麻子丰等等的广告中看到他的名字，你常在大街、庙会、股东会议、商会上遇见他，可是他永远不惹你特别注意他。老那么笑不唧的，似乎认识你，又似乎不大认识；有时候他能忘了自己的姓，而忽然又想起来。你似乎没听过他说话，其实他的嘴并没闲着，只是所说的向无打动人心的时候；他自己似乎也知道：他说不说，你听不听，都没关系。他有时候仿佛能由身里跳出来，像个生人似的看看自己，所以他不自傲，而是微笑着自慰：“老牛啊，你不过是如此。”自然他不能永远这样，有时候也很能要面子，摆架子。可是摆上三五分钟，自己就觉出底气不足，而笑着拉倒了；要不然牛太太怎会占了上风呢。假若他是条鱼，他永远不会去抢上水，而老在泥上溜着。

这可并非是说，他是个弱者，处处失败。事实上，他很成功。他不晓得怎么成的功。他有种非智慧的智慧，最善于歪打正着。他是云城数得着的人物。当铺、煤厂、油酒店，他全开过，都赚钱。现在他还有三个买卖。对什么他也不是真正内行，哪一行的人也不诚心佩服他。他永远笑着“碰”。可是多少回了，这种碰法使金钱归了他。别人谁也不肯要的破房，要是问到了他，恰巧他刚吃完一碗顺口的鸡丝面，心里怪舒服，“好吧，算我的吧。”这所破房能那么放个七八年，白给人住也没人去，因为没有房顶。可是忽然有那么一天，有人找上门来，非要那块地方不可，只有那块地方适于开医院。他赚了五倍的钱。“好吧，算你的了。”他一笑，没人知道这一笑的意思是什么，他自己也不知道。他有这么种似运气非运气、似天才非天才、似瞎碰非瞎碰的宝贝。他不好也不坏，不把钱看成命，可是洋钱的响声使他舍不得胡花。他有一切的嗜好，可是没瘾。戏的好歹，他一向不发表意见；听就听，不听也没什么。酒量不大，将要吃过了量的时候也不怎么就想起太太来，于是没喝醉，太太也没跟他闹，心里很舒坦。烟是吸哈德门牌的，吸到半截便掐灭，过一会了再吸那半截，省烟与费火柴成了平衡；他是天生的商人。

就是没儿子，这个缺点，只有这个缺点，不能以一笑置之。可是当太太急了的时候，他还得笑，“是呀，是呀，我没只怨你呀，俩人的事，俩人的事。”分担了一半过错，太太也就不便赶尽杀绝，于是生活又甜美起来：太太不生气，儿子只好另说吧，然后睡得很好，在梦里听说麦子要涨价，第二天一清早便上了铺子，多收麦子。果然又赚了一笔。

牛老者的样子不算坏，就是不尊严，圆脸，小双下巴，秃脑顶，鼻子有点爬爬着，脑面很亮，眼珠不大灵动，黄短胡子，老笑着，手脚短，圆肚子，摇动着走，而不扬眉吐气，浑身圆满而缺乏曲线，像个养老的厨子。衣服的材料都不坏，就是袖口领边的油稍多，减少了漂亮。帽子永远像小着一号，大概是为脱帽方便，他的爱脱帽几乎是种毛病。一笑，手便往帽檐上去了；有时候遇上个好事的狗，向他摆尾，他也得摸摸帽檐。每一脱帽，头上必冒着热气，很足引起别人的好感——揭蒸锅似的脱帽，足见真诚。

有两条路他可以走：一条是去做英国的皇帝，一条是做牛老者。他采取了这第二条，唯一的原因是他没生下来便是英国的皇太子；要不然他一定能做个很好的皇帝，不言不语的，笑嘻嘻的，到国会去说话都有人替他预备好了。

说真的，假如牛老太太是他，而他是牛老太太，他一定会成个更大着许多的人物。可是老天爷常把人安排错了，而历史老使人读着起急。牛老太太比他厉害得多，可是偏偏投了女胎，除了欺侮老伴儿，简直没有英雄用武之处。她天生的应当做个英雄，而做了个主妇。自然她看不起丈夫。她顶适于做英雄了，第一项资格她有——自私。世界是为她预备下的。可惜她的世界太小。但是在这小世界里，她充分地施展着本领。四虎子是她的远亲，老刘妈是她从娘家特选了来的。不跟她有点关系的不用打算在牛宅立住脚。牛老者不是她由娘家带来的，这是个缺点，可是不好意思随便换一个，那太不官样。

她很看不起牛老者。不错，他弄了不少的钱；但是她要是个男的，岂止是弄钱；声名，地位，吃喝玩乐，哪样也得流水似的朝着她来。跟老牛一辈子，委屈点。他没有大丈夫的狠毒手段，只是对付将就。他的朋友们吃他喝他，还小看他。所以除了她娘家的人，她向来不肯热诚地招待。一把儿土豆子——她形容他的朋友们。她的娘家是做官的。虽然她不大识字，她可是有官气。她知道怎样用仆人，怎样讲排场，怎样讲身份。他都不懂。也就是做官的娘家父亲死了，要不然她简直没法回娘家去。带着土豆子的丈夫见做官的父亲？丢人！当初怎说这门子亲事来的？她常常纳闷。

她很希望得个官样的儿子——拿老牛的钱，拿自己的理想，一定会养起个体面儿子。可是老牛连得儿子的气派都没有！他早就想弄小。有她活着，趁早不用这么想。她不生儿子，谁也不用打算偏劳。抱一个小孩解解闷，倒是个办法。可是难处是在这里：他愿抱牛家的，她愿抱娘家的。她的理由软点，所以消极地不准他自由选择，暂且不抱好了。天赐的露面，解决了这个困难。他好像专为牛家生的。牛老太太把他一抱起来，便决定好了：在这小子身上试试手，成个官样的儿子。私生子，稍差一点；可是自己已经五十多了，恐怕不易再生小孩了；况且牛老者那个怯劲。算了吧，老绝户还有抱个哈巴狗当孩子养的呢，况且这是个真正有鼻有眼的小孩。天赐的机会太好。

牛老者上哪里去找奶妈呢？他完全没个准备。可是他不慌。几十年了，他老是这么不慌不忙的，没有过不去的事。这种办法，每每使牛老太太想打他几个脖儿拐。她有官气——世界上的一切是为她预备好的，一招手就得来，什么都有个适当的地方，一丝不乱地等候着命令。老头儿没这么想过；世界便是个土堆，要什么得慢慢地去拨开土儿找，还不一定找得到。难怪老太太有时候管他叫作“皮蛋”，除了怕做赔了买卖，他无论怎说也不着急。

有时候太太告诉他去买胰皂，他把手纸买了来。忘了这样，拿那样补上，还不行么？据他看。他非常的乐观。这回，他可是记得死死的，找奶妈。手纸，胰皂，连洗脸盆算上，都不能代替奶妈。走出二里多地，还没忘了这个，可是也没想起上哪里去找。准知道有些地方是介绍奶妈的，只是想不起那些地方在哪儿。点上哈德门烟，喷了一口，顺势看了看天上的星。星星对他是没有意义的，可是使他想起太太的眼睛来，太太的眼睛是无所不知，无所不在的。他得赶快去找奶妈，完全不为自己，为是太太与那个小行李卷；要是为自己的话，找着与否满没关系。

找着个熟识的油盐店，进去打个招呼。有好多的事是可以在不可能中找出可能的，自要你糊涂与乐观得到家。牛老者常因为忘了买煤，而省下许多钱；想起来不是，煤忽然落了价钱。进了油盐店，仿佛奶妈已经找到了似的。

“周掌柜，”牛老者的圆脸上笑着，“给找个奶妈。”

"怎么，得了少爷？"周掌柜觉得天下最可喜的事就是得少爷。

"抱来的，承继过来的，"牛老者很得意，没有说走了嘴，"给找个奶妈去。今个，明儿，后天，后天请你喝喝。"

周掌柜想了想，看看铺中，觉得铺中绝对没有奶妈，非到外边去找不可。"你这里坐坐，我有办法。"他出去了，一恍似的被黑影给吞了去。

牛老者吸着哈德门，烟灰长长的，欲落不落，他心里正似这穗烟灰，说不清落下去还是不落下去好，脸上自动地笑着。

待了一会儿，周掌柜回来了，带着两个妇人。

牛老者心中打起鼓来，是找一个奶妈呢，还是找一对儿呢？出来得慌速，忘了问太太。

及至周掌柜一说，他明白过来，原来这两个妇人不都是奶妈，那个长得像驴的是介绍人。他觉得这似乎没有别的问题了，"走吧。周掌柜，后天请你喝喝。"

"上哪儿去？"驴叫了声。

差点把老者问住，幸而他没忘了家，"家去，小孩没在这里。"

"咱们不先讲讲吗？"驴向周掌柜说。

"都是熟人。"周掌柜很会讲话。

"见了太太，什么都好办，"牛老者渴望卸了责任，睡个觉去，"跟太太说去。"

"在哪儿呀？这么黑灯瞎火的！"这个驴不是好驴。

"雇车吧。"周掌柜建议。

“是，雇车。”牛老者慢慢点了点人数，“大概得三辆吧。”

到了家中，他把二妇人交给了太太。

太太见着驴，精神为之一振，她就是爱和这种妇人办交涉，为是磨磨自己的智力。驴，跟太太过了三五个回合，知道遇上个能非常的慈善，同时眼里又不藏沙子的手儿。没等她说，太太全交派下来：“有你三块钱的喜酒钱。她奶得好，先试三天。行呢，有她四季衣裳，一头银首饰。五块钱的工钱，零钱跟老刘妈平分。不准请假，不准有人来找。现在就上工。你把她的东西送来，雇来回的车！”

驴一看这面没有多少油水，想去敲那个奶妈，扯了她袖子一下。

老太太已把天赐递给奶妈，对驴说：“你从她的工钱里扣多少？”

“回太太的话，她吃了我好几天了；都不容易，太太。”

“好吧，赏你十块钱，从此不许你来找她，我要用着你的时候，打发人叫你去。”太太的官派简直是无懈可击。

驴败下阵来，可是知道自己并没吃亏，太太的办法正碰在痒痒筋上。

驴回去收拾奶妈的东西，太太才开始审核奶妈。奶妈的用处是在那点奶，奶好便是一切，脸长得什么样，脚有多么长，都不成问题。

奶妈已经解开怀，两个大口袋乳。太太点了点头。脸上也没有什么下不去的地方：本来是张长脸，不知怎么发展到腮部又横着去了，鼻下忽然接着嘴，嘴下急忙成了下巴，于是上长下宽，嘴角和眉梢一边儿长，像被人按了一下子的高桩馒头。可是这与奶没关系，故而下得去。脚不小，脚尖向上翻着，老像要飞起来看看空中有什么。这与奶也没关系，也下得去。

“姓什么呀？”太太问。

“唵？姓纪啊。”大扁嘴要顺着腮滑下去，乐呢。

太太更高兴了，纪妈是初次做事。训练人是一种施展能力而且不无趣味的工作。太太开始计划着怎样训练奶妈。

“家里都有什么人呀？”

“唵？”

“不必说这个唵！”

“有老的，有当家的，有小叔，有一个两月的娃子，没饭吃！”纪妈的鼻子抽了抽。

“给他吃吃看。”牛太太很替奶妈难过，可是天赐总得有奶吃，人是不能慈善得过火的。

天赐的小嘴开始运动，太太乐了。天赐有了奶吃，纪妈的娃子没了奶吃，合着是正合适。况且乡下的娃子是容易对付的。“哪村的？”

“唵？”

“说太太，不要这个唵！”

“十六里铺的。”

“哪个十六里铺？”

“黄家镇这边。”

“乡——”太太把个“亲”字吞了下去。不能和奶妈认乡亲。可是心里非常地喜欢。就是得清一色，打算齐家治国平天下都是一理。“我说，”太太一边叫，一边找了牛老者去，“我说，你打哪里找来的奶妈呀？”太太不放心：假若老伴儿特意找来她的乡亲，即使是出于有意讨好，也足见他心里有个数儿。

“怎么啦？”老头儿不晓得出了什么毛病，“周掌柜给找的。”

“啊，没什么。”太太想着别的话，“我给他起了个名字，天赐；小名福官，天官赐福。”

“天官赐福？很好！”

天赐大概是有点福气，什么都是歪打正着嘛。

三　子孙万代

牛老太太的黄净子脸上露出点红，不少的灰发对小髻宣告了独立，四下里搭落着。一对陷进点去的眼发出没尽被控制住的得意的光，两只小脚故意地稳慢而不由得很忙叨。她得住了个施展才能的机会；英雄而得不到相当的机会，像千里马老拴在槽前。她预备天赐的三天呢，这与其说是为天赐，还不如说是为她自己；办三天不办，天赐一点也不在意，反正他有了纪妈那两口袋奶，还有什么可虑的呢。牛老太太得露一手。多少年了，老没个事儿办，这个机会不能轻易放过。

带领着老刘妈、四虎子，和牛老者，她摆开了阵势。牛老者不反对，可是没想到事情会这么复杂。他以为办三天不过是请上几家亲友，叫厨子做上几桌鱼肉多而吃完非睡觉不可的菜而已。太太告诉他的事，他简直莫名其妙。事多去了，拿叫厨子这一项说，就够写一本书的。几件小烧，几个饭菜，几件冷荤，几道点心，几个大件，哎哟，太太好像是要开饭馆子。菜定好，登时就是怎样赁桌椅，而桌椅上还要铺垫呢，而铺垫也有种种呢。牛老者做了一辈子生意了，没有一项生意像办三天这么复杂的。他的脑子仿佛要肿起来，直嗡嗡地响；只能照计而行，太太说什么是什么吧。太太有嘴，他有腿，跑吧。跑得太累了，他会找个地方睡会儿去，省得回到家中又被派出来。太太手下的几员大将，数他不中用。

老刘妈，别看快七十了，是非常的努力。一夜的工夫把桌子的铜件全擦得像电镀的，椅垫子全换了新套。她的脚太吃力，可是有摔几个跟头也不灰心的坚决。她的眼虽都睁着，可是左边那只和瞎了一样，只管流泪，不负其他一切的责任。但这不成问题，左眼不中用，右眼便加倍地努力：歪着头，用右眼盯着东西，擦，洗，缝，补，嘴还唧唧地出声，颇像小鸡歪头出神的样子，可是没闲着。她不能闲着。她得捧姑奶奶一场。

刘妈打内，四虎子打外，这小子的腿好似是机器。从一方面说，牛太太对他很失望。他从十二岁便在牛宅，太太本想把他训练成个理想的仆人。四虎子干脆不受训练。二十岁了，还是用嘴呼吸气，鼻子只管流清汤。说话永远和打架一样，没有一句和气的。眉头子拧着，冬夏常青的脑门上出着汗。在另一方面讲，牛太太不能免他的职。他是她的亲戚，况且他忠实。办事不漂亮，可是不惜力呢；为买一斤白糖，他能来回跑六趟。这虽然费点工夫，可是跑的是他的腿，太太也就不便太挑剔了。他永远不等听明白了就往外跑，而后再跑回来问，要不然怎么老出汗呢。

纪妈以奶娃娃为正业，所以太太没派她什么别的差事。可是奶娃娃也得有个样儿，得加紧训练。怎样抱娃娃，怎样称呼人，怎样立着，太太一丝不苟地全教导下来。两天的工夫，纪妈的脚尖居然翻得减少了度数，而每一张嘴会想把“俺”改成“太太”。穿上了新蓝布裤褂，头也梳整齐，除了嘴角还一时紧缩不来，看着实在有个样子了。

至于咱们的英雄，也真算露脸，吃得香，睡得好，尿得勤，哭得声高，仿佛抓住了生命而要及时地享受。他一哭，六只小脚全往这儿跑，纪妈先到，太太居中，刘妈殿军。一人有一种慰问，可是他全置之不理，任情地哭下去，直到口袋乳送到唇边为止。他晓得他是英雄，是皇帝。

三天到了。老鸦还做着梦呢，牛家的人就全起来了。世界上的人虽多，但是自家添人进口到底是了不得的事。细想起来，自要你注意自家的事，也就没那么大工夫再管世界了。牛老太太的自私是很有理的。一个娃娃的哭声使全家颤动，必须充分地热闹一回，孩子哭继以狗咬，生活才落了实。牛老太太高兴，她的儿子必须是全家大小与亲戚朋友的欣喜的中心。她自己打扮停妥，开始检阅部下：牛老者的马褂没扣好，首先挨了申斥。四虎子的耳朵上竟自还有泥，男人简直没办法！老刘妈都好，就是直打哈欠；太太本想叫大家早起，为是显着精神，敢情有的人越早起越不精神；理想与事实常这么拧股着。纪妈很不坏，就是不大喜欢，大概是想起自己的娃娃；这是她自己找别扭。天赐还睡呢，可是全副武装在半夜里已经披挂好：全是新的，头上还戴了小红帽，帽檐上钉着金寿星看着十分的不自然，可是很阔气。

检阅完毕，天还没亮呢。借着烛光，太太指挥着陈列礼物。牛老者的朋友大多数是商人，送来的多半是镜框和对联。镜框中的彩画十张有九张是“苏堤春晓”，柳树真绿，水真蓝，要是不从艺术上看，颜色的浓厚倒颇有可取；苏堤上立着个打洋伞的大姑娘，比柳树高着一头，据牛老者看这很有画意。框子可是不同，有的是斑竹的，有的是黑木头的，有的是漆金的。太太把漆金的定为头等，叫四虎子给挂在堂屋的正面，其余的分悬左右。对联都像是一个人写的，文字也差不多，最多的是“买卖兴隆通四海，财源茂盛达三江”。这都挂在东西屋；太太不大喜欢对联，因为与小娃娃没关系。到底是亲戚送来的切于实用，小衣裳，小帽子，小鞋，还有几匣衣料。按着规矩说，应当送小米鸡蛋糕与黑糖，可是大家都知道既非牛太太坐月子，似乎不必这样送。牛太太也很满意。自己既享用不着，都便宜了纪妈，那才合不着呢。这些礼物都摆在堂屋的条案上。陈列妥当，厨子到了，开始剁肉，声势浩大，四邻的识见不广的狗全叫起来。牛老太太叹了口气，这才像回事。打算叫自家威风凛凛，得设法使狗们叫，这才合规矩。

老刘妈的手指全是红的，染了多少红蛋，几乎没人能知道。

鸡蛋设若会觉到骄傲的话，这是最好的时机了。就是那小而不起眼的蛋，涂得红红的便也登时显着特别的体面。况且那些平常和“蛋”发生关系的字眼，在此刻全似乎没有连属，而另有一些以“红”为中心的吉利话儿和它打成一气。老刘妈把染好的蛋都放在铜盘子上，像几盘子什么神秘的宝珠，鲜艳，浓厚，圆满，带着子孙万代的祥气。红蛋预备好，她和太太细心地研究了一番，把洗三该有的东西，如艾子水，如老葱，如带孔的老钱，如烧矾末，全都放在天赐的左右，看起来非常的严重，仿佛生命的开始比一师人马的开拔还要复杂；在一条小生命上的希望是无穷无尽的。

八点以后，亲友陆续地来到。牛老太太接待亲友的神气很值得注意。她的态度便是慈善的本身，笑着，老眼里老像含着点泪光，带出非常感激大家的意思。及至细一看，她是对自己笑呢。她觉到自己的能力，她是叫大家看看她的本事与优越。对那些穷苦一点的亲友，她特别的谦和，假如他们是借了债而来行人情的，那正足以证明她的重要与他们的虔诚。是的，她并没有约请这些苦亲友，而他们自动地赶上前来。无论怎样为难，他们今天也穿得怪干净，多少也带来些礼物，她没法不欣赏他们的努力——非这样不足算要强的人。王二妈的袍子，闻也闻得出，是刚由当铺里取出来的；当然别的物件及时地入了当铺。李三嫂的耳环是银白铜的。张六姑的大袄是借来的，长着一寸多。牛老太太的眼睛把这些看得非常的清楚；很想奖励她们一番，可是她的话有分寸：“哎，没敢惊动亲友：这怎说的，又劳你的驾；来看看小孩吧。”

她心里明白——“本来没想请你们。”她们也明白，可也另有一派答对：“应该的呀，给你来贺喜；要不是那个呀，昨天就来帮助你张罗了；都仗着你一个人，可真不容易！”

说着，来到天赐的展览室，大家一齐失声地“哟！怎么这么胖呀，多体面呀，可是个福相”！

屋里已坐定七八位老太婆与媳妇，把天赐团团围住，差不多都吸着烟卷，都夸奖着天赐的福相，都高声彼此地招呼，都嘴里谈着娃娃，而眼中彼此端详着衣裳打扮。屋里的温度忽然增高十度。后来的继续进来参观，先来的绝不想让位；特别是有些身份的人，干脆坐在娃娃的身旁，满有自居子孙娘娘的气概。天赐莫名其妙，只觉得憋闷得慌，再也不能安睡，小眼睛直眨巴，这使大家更加倍地佩服：看这俩大眼睛，懂事似的！

男宾，除了至亲，没有详细参观娃娃的权利，都在东西屋里专等着喝喜酒。牛老者的招待方法与太太的完全不同，绝对没有一定的主意。他想不起说什么好，又觉得一言不发也未必对。他转着圆脸向四面笑，笑的工夫太大了，便改为点点头，点头太多了，便随便地说一句：“可不是。”“抽烟吧。”头上出了汗，这是个启示：“什么时候了，天还这么热！”大家说：“你是喜欢的，天并不热。”他哈哈起来。他的身后跟着四虎子，他一说“抽烟吧”，四虎子便把烟递过去——始终没管倒茶，因为主人没说。

东西屋里的文化比起堂屋的来要低着很多，牛老太太知道这群土豆子专为来吃饭。她下了命令，先给东西屋开饭。

饭的确不坏，各位掌柜的暂时抛开关于做买卖的讨论，诚心地吃了个酒足饭饱，个个头上都出着热汗，然后牙上插着牙签，腾出手来用热手巾板狠命地擦脑门子。脑门擦亮，扑过烟筒去，吸着烟三三两两地偷着往外溜。

女宾席上可不这样简单，每一桌都至少吃个五六刻钟。这很官样。据牛老太太看。可是，有一点叫她未免伤心：各桌上低声地谈话，她扫听着，似乎大不利于天赐。屋中的光景仿佛忽然暗淡了好多，空气中飘着一片问号。牛老太太张罗着这桌，眼瞭着那桌：张六姑的薄嘴唇动得像是说"私孩子"。李三嫂神出鬼入地点了点头。无论你把谎造得多么圆到，你拦不住人们心里会绕弯。特别是那几位本族的，在牛太太的视线外，鼻子老出着凉气，这些凉气会使她觉得凉飕飕的，好像开着电扇。牛太太的心中不很自在。她知道牛老者是老实头，假如她们把他包围上，事情可就不见得好办。她得设法贿赂她们。天下最有效的办法就是收买；自己吃肉，得让旁人至少啃点骨头，英雄的成功都仗着随手往外扔骨头。自私的人得看准了肉而决定舍了骨头；骨头扔出去，自有自告奋勇愿意当狗的。老太太心中盘算开了：给她什么，给她什么，给她什么，然后对她说什么，对她又说什么，叫她们分离开，而后再一一地收拾。先分红蛋，这是个引子，引子是表示吉祥，吉祥的底下再有些沉重的东西，大家的鼻子自然会添加热度而冒出暖气来。

办法果然有效，大家看完洗三还不肯走，等着吃晚饭。牛老太太准知道她们一出大门，鼻子还会凉起来，可是在分别的时候彼此很和气。把客人送了走，她叹了口气，只成功了一半！她问老伴儿看出什么故典来没有，老者抓了抓头，他只看出大家吃得很饱，对于政治，他简直是一窍不通。不过这也好，牛太太正好把事情暗中都办了，叫他去顶着恶名。老太太所没看到的是这个：谁也晓得牛老头是老好子[①]，而她是诸葛亮，聪明人就是有这点毛病，老以自己的渺小当作伟大，殊不知历史上并没有这样的事。要是有的话，人心早变成豆儿那么小了。

不论怎说吧，天赐的存在，是好是歹，已经是公认的了。自要红蛋被人分去，你想向生命辞职也不容易了！

① 老好子：指人的脾气极好，非常和气，永远不会跟人争吵起冲突。

四　钩儿套圈

满月也过了。虽然这应比三天更隆重，可是办得并不十分起劲，牛老太太确是把该堵塞的地方都设法堵住了，可是闲话这条河——像个烂桃——是套着坏的。天赐并没招惹着谁，名誉可是一天比一天坏。只有人是可以生下来便背着个恶名的，咱们还没见过自幼便不甚光荣的猪，天赐这口奶真不容易吃。

牛老太太可是很坚决，任凭大家怎样嘈嘈，天赐到底比从亲戚家抱来的娃娃强；愣便宜了外人，就是不跟亲戚合作，大家也只好白瞪眼。可是白瞪眼也不是全无影响——满月办得不甚起劲。眼虽白瞪，究竟是瞪了，无论怎说也有点别扭。英雄不是容易做的呀。

不用管这个了，反正满月已过，是好是歹得活下去了。专把洗三满月做得非常美满，而后便一命归西，也没多大意思。生命的最大意义仿佛就是得活那么几十年，要不然便连多糟蹋粮食的资格也得不到。天赐决定活下去，这是很值得赞美的。自然活下去也有活下去的苦处，但是他不怕；凡不怕生命的便得着了生命，因为粮食是他糟蹋的。

天赐的苦处还真不小呢。按照纪妈的办法，小孩是应当放在个沙子口袋里，过五六天把结成块的沙子筛巴一回，再连同小孩放进口袋去。十六里铺一带等处的弱小国民差不多都是这么养起来的。有的不甘心在口袋里活着，就在口袋里死去，倒也很省事。天赐可没受这个罪，他是官样孩子，不能装口袋而与机器面粉相提并论。他另有种苦处。虽然没装口袋，他的手脚可都被捆了个结实，一动也不能动，像一根打着裹布的大兵的腿，牛老太太的善意，唯恐他成了罗圈腿；后来，天赐的磕膝拧着，而脚尖彼此拌蒜，永远不能在三分钟内跑完百米；这个，牛老太太没想到。没有思想的善意是专会出拐子腿的。

手脚既然不能动，只好仗着啼哭运动运动内部了。这也行不通：每逢他一出声，乳头便马上堵住他的小嘴，他只好由哭喊改为哼哼，像个闷气的小猪。第一是孩子不应当哭，第二是纪妈的奶不应当存起来；牛老太太把账永远算得很清楚。设若由孩子的性儿哭，这便是费了孩子的力气，而省下纪妈的乳，按什么经济理论说也不大对。老太太似乎也明白，娃娃是应在相当的时候哭一会儿；但是一想到纪妈那对乳和月间的工钱，不由得她就叫出来：“纪妈，孩子又该吃了！”钱不但会说话，而且会逼着人说话，这不能专怨牛老太太。手脚没有自由，被子盖了个严，不准出声，天赐有点起急，可是说不出道不出，只好一赌气子要抽疯。这是娃娃最好的示威运动。可是也怕遇上谁，牛老太太总不听这一套，早就预备好抱龙丸，一捻金，救急散，七珍丹，丸散膏丹，一应俱全。一病就灌！对什么她都有办法，天赐唯一的抵抗是不抵抗，自己翻白眼比有声有色的示威强得多。养孩子的乐趣是在发挥大人的才干；孩子得明白这个，不然便是找不自在。

天赐认了命。一天到晚，吃了睡，睡了吃；睡不着的时候翻翻白眼。吃吃自己的拳头，踢踢腿，他满不敢希望。这么一来，他反倒胖了，这是多么体面呢！不止于体面呀，老太太还叫他“胖乖子”呢！刀把儿在别人手里拿着，你顶好是吃得胖胖的；人家要杀你呢，肉肉头头的，也对得起人；人家要不杀你呢，你也怪体面。天赐教给了我们这个办法，他似乎是生而知之的。

纪妈总算很尽心。但是为了几块子工钱，把自己的娃娃放在沙子口袋里，而来奶别人家的孩子，到底不是——也不应该是——件得意的事。她心中的委屈无处去诉，只好有时候四顾无人，拿天赐出出气。比如给屁股蛋子两掌，或是尿湿而不立刻给换布……虽然都不是照例的课程，不过三天两头有这么一次也够天赐受的。自然，我们无须为这个而悲观；可是生命便是个磨炼，恐怕也无可否认。

老刘妈本是可以和天赐没什么关系的，而且天赐也没故意和她套交情，可是她杀上前来。从牛老太太的眼中看，老刘妈是不可多得的人物；从别人眼中看，老刘妈纵有许多的长处，可是仍不失为走狗。按照走狗分类法说，至少有两大类的：一类是为利益而加入狗的阶级，一类是为求精神的安慰而自己安上尾巴。老刘妈属于第二类。在她年轻的时候，家中倒确是寒苦，非出来挣饭吃不可。到了老年，家境已慢慢转过来，她有孙儿孙女，也有口饱饭吃。但是她不回去。偶尔回家一次，她一年所挣的工钱全花在晚辈身上，给孙子带来城里的玩具，给孙女买来小布人，给儿媳妇带来针头线脑，细齿的木梳，和做鞋面的零材料等等。大家都很尊敬她。大家还没尊敬完她，她向后转回了城。没有牛太太，她心中就没了主心骨。她得牺牲了一切舒服自在，以便得到精神上的安慰。牛老太太厉害，这使刘妈惧怕，怕得心里怪痒痒的，而后觉出点舒适痛快。有时候帮助太太去欺侮老爷，四虎子，或是门外做小买卖的，更使她的精神有所寄托——她虽然不是英雄，到底是英雄的助手，很过瘾。她越上年纪，这股子劲越增高，好像唯恐一旦死了而没能完成走狗的使命。她不是为金钱，而是为灵魂，她的灵魂会汪汪地叫，除了牛太太没人能把她吓止住。

太太有了少爷，老刘妈更高兴了；就是两眼全瞎了也不能辞职。设若太太是子孙娘娘，她必得是永远一旁侍立的仙女，给娘娘抱着娃娃。不过，纪妈来了；一个大打击。走狗最怕后补的走狗，而且看谁都是正往外长尾巴。和纪妈一块吃饭的时候，她嫌纪妈的嘴太大。嘴太大根本没有在城里做事的资格。况且纪妈老委委屈屈的呢，这更使她非常的生气。她不能明白为什么在牛太太手下而还觉着委屈，这简直是不要脸。老刘妈可以算是忠诚的人了，她只希望一个人的成功，不许大家诉委屈，因为那一个人的成功便是她的成功，虽然她未必得到物质上的好处，可是充分的过了狗瘾。她不能看着抱娃娃——太太的娃娃——而觉着委屈的纪妈而不生气。

但是她没法把纪妈赶了走，因为娃娃必须吃奶。前后这么一想，她除了看不起纪妈之外，还附带着不大喜欢天赐。天赐设若真是英雄好汉，据她想，就根本不能吃纪妈的奶。这个，她可不敢明言。当牛太太夸奖天赐的时候，她便多少给纪妈加上几句不大受用的话，而极力地奉承天赐。赶到太太对天赐有所不满的时候，她便也顺口答音地攻击这个娃娃。她是走狗中的能手。

纪妈受了老刘妈的气，也许是更爱天赐一点，也许在天赐身上泄怒，而天赐的屁股又加多了被拧的机会。生养在一个英雄——不管是多么大小的英雄——的手下，得预备好一座硬屁股，这是必需的。

天赐已会笑了。纪妈不大注意他的笑，她专留神他的哭；他不哭，她便少受申斥。天赐许多的笑是白费了事，没人欣赏。老刘妈瞎着一只眼，看不清娃娃的微有笑意的笑，即使看清，她也不热心地去给宣传。她的耳朵更有用，一听到孩子哭，她便自言自语地叨唠起来：这样的奶妈，老叫孩子哭，没有见过！这虽是自言自语，可是并不专为自己听；太太要是听见呢，自然便起了作用；纪妈听见呢，也好。反正有人听见便好，而她的自言自语是会设法使人听见的。

牛老太太自然喜欢娃娃的笑，可是不知道为什么，有她在一旁，天赐永远不笑。纪妈已经向太太报告过，娃娃已会撇嘴儿微笑。太太不信，而老刘妈以为奶妈是要加入狗的阶级，虚造事实，以便得宠。旧狗遇见新狗比遇见猫还气大，“太太，可得说奶妈子一顿，别这么乱造谣言！我就没看见娃娃笑过一回，哼！”

可是天赐确是会笑，牛老头儿知道。要说天赐已经会认识人，便是瞎话，可是他专爱对老者笑，也许他的圆秃脑袋能特别引起娃娃的注意——假如不能引起成人的趣味。事实给我们做证，多数的小孩喜欢“不”英雄的人。要不然怎么英雄有时候连娃娃一齐杀呢。老者天天要过来看天赐两三次，若遇上天赐正睡觉，他便细细看他的闭成缝儿的眼，微张着的小嘴，与一动一动的脑门，而后自己无声地笑一阵。若赶上娃娃醒着，他把圆脸低下去低声地不定说些什么，反正一句有意思的也没有：“小人！小伙计！吃饱了？睡忽忽了？还不会叫爸呀？真有你的！看这小眼，哟，哟，笑了！”天赐果然是笑了，那种无声而微一咧嘴的笑。

牛老者把这个报告给太太。太太心里微酸。纪妈已报告过，她不信；现在老伴儿又来这么说，分明他和奶妈联了盟，他是给纪妈帮忙助威！老太太自己没有看见娃娃笑，谁说也不能算数。“啊，我怎么没看见呢？”太太那对小深眼像俩小井，很有把老伴儿淹死的意思。

“也许是要哭，没准儿。”老者对于未经太太审定的事，向来是抱着怀疑的态度。

“少上纪妈屋里去，老了老了的，还这么杓杓颠颠的！”太太的酸意和真正山西醋一样，越老越有劲。自然，太太不是没有眼睛，不晓得纪妈的吸引力是很弱。不过，她得这么防备一下；英雄的疑虑是不厌精细的。看着该杀的，哪怕是个无害的绿虫儿呢，趁早下手。况且纪妈到底是个女人呀！

老头儿听出点意思来，一时想不出回答什么，笑了笑，擦了擦圆脸，啊了两声，看了看天花板，带着圆肚子摇了出去。他一点没觉得难过，可也没觉得好过，就那么不凉不热地马虎过去。

由天赐的笑，牛宅又闹了这么些钩儿套圈。牛老者来看他的次数减少了一半，他只好自己偷偷地笑了。

五　解放时期

糊糊涂涂，天赐不折不扣地活了六个月。到这儿，才与“岁”发生了关系。牛老太太训令纪妈一干人等：“有人问，说：半岁了。”“岁”比“月”与“天”自然威严多多了。天赐自己虽没觉出“半岁”的尊严在哪里，可是生活上确有变动。这些变动很值得注意，怎么说呢，假如人生六月而毫无变动，或且有那么一天，自朝及暮始终没出气，以表示绝不变动，这个小人也许将来成圣成贤，可也许就这么回了老家。所以我们得说说这些变动，证明天赐在半岁的时候并未曾死过：传记是个人“生活”的记录，死后的一切统由阴间负责登记。

从一方面说，这是解放时期。牛老太太虽然多知多懂，可是实际上一辈子没养过小孩，所以对解放娃娃的手脚，究竟是在半岁的时候，还是得捆到整八个月呢，不敢决定。她赏了纪妈个脸，“该不用捆了吧？在乡下，你们捆多少天哪？”纪妈又想起沙子口袋来，“我们下地干活去，把孩子放在口袋里，不用捆，把脖子松松拢住就行。”老太太对纪妈很失望：凡是上司征求民意的时候，人民得懂得这是上司赏脸，得琢磨透上司爱听什么，哪怕是无中生有造点谣言呢，也比说沙子口袋强。纪妈不明白此理，于是被太太瞪了两眼。

到底是老刘妈。太太一问，她立刻转了眼珠——那只瞎的虽看不见东西，可也能转动助威——心里说：往常太太一问，街上有卖粽子的了吧，一定是要开始预备过五月节，或是太太想吃一顿嫩西葫芦馅的饺子。这么一想，便有了主意：“少爷不是快八个月了吗？”给太太一个施展学问的机会。

“谁说的，不是刚半岁吗。”太太的记性到底是比下人的强，“老这么老颠蒜似的！”

“个子那么大，说九个月也有人信！”老刘妈的狗文章不专仗着修辞，而是凭着思想的力量，沉重而发甜，像广东月饼。“其实半岁就可以不用捆了，该穿小衣裳了。”真的，她自己的孩子也是在口袋里养起来的，根本不晓得娃娃该捆几个月；太太既是问下来，想是有意给天赐松绑。设若太太问娃娃该在几个月推出斩首，老刘妈必能知道是应登时绑到法场。

无论怎说吧，天赐身上的捆仙绳被解除下去，而换上了连脚裤。纪妈看出来：六个月的工夫，捆仙绳确是有功效，天赐的腿绝对不能罗圈了，因为脚尖已经向里拐拐着。这回她留了个心眼，没向太太去报告。幸而如此；不然，天赐也许再被捆起来。

好在天赐是男子汉大丈夫，曲线美的曲法如何，他满不在意。反正松绑是件快事，他开始享受。拳头也能放在口中咂着，脚也会踢，他很高兴。

一个哭不好、笑也不好的人，如牛天赐——小名“福官”——者，顶好别太高兴了。天赐不懂事：两脚踢起，心中一使劲，两唇爆裂，他叫出一声“巴”来。由他自己看，这本是很科学的，可是架不住别人由玄学的观点看。牛老太太以为一个懂得好歹的、官样的娃娃应当先叫“妈”。天赐叫了“巴”。“巴”者“爸”也；就凭牛老者那个样，配吗？

牛老者自然很得意了。五十多岁才有人叫“爸”，当时死去也不算冤屈了，况且是没死而当活爸爸呢！他越高兴便越不知道怎样才好，全身的肉都微笑着，而眼睛溜着太太。太太怎看怎以为他不像个官样的爸爸，而这官样的娃娃偏叫他，真使人堵得慌。

老刘妈的尾巴又摇起来了，她歪着头看准了天赐的嘴，“叫妈！叫妈！”天赐翻了翻白眼，一声没出，偷偷地把连脚裤尿了个精湿。白活半岁，刘妈心里说。

其实我们的天赐并没白活；再往真切里说点，一切生命向来没有白活的时候。先不用说别的，天赐已长出点模样来；谁能说这六个月的奶白吃了呢？天赐一定是没闲着，别看他不言不语的，对于他要长成什么样必是思想过一番。不然，他为什么长成自己的面貌，而不随便按照纪妈或四虎子的样子长呢？生活是一种创造：红脸大汉拦不住儿子长成白面的书生。

天赐的腿是没办法了，这自然不是他的过错。他的脑勺扁平也不是他自己所能矫正的：牛太太是主张不要多抱娃娃的，六个月工夫，除了吃奶，他老是二目观天，于是脑勺向里长了去，平得像块板儿。现在虽穿上连脚裤，可是被抱着的时候仍然不多。纪妈自然不反对这个办法，牛老太太以为非这样不足养成官样儿子，疼爱是疼爱，管教是管教，规矩是要自幼养好的，娃娃应当躺着，正如老刘妈应当立着。天赐的创造是在脸部。我们现在一点还不敢断定他是个天才，或是个蠢材；不过，拿他自己计划的这张小脸说，这小子有点自命不凡。豪杰有多少等，以外表简单而心里复杂的为最厉害。天赐似乎想到了这个。眉毛简直可以说是被他忘记了，将来长出与否，他自己当然有个打算。眼睛是单眼皮，黑眼珠不大，常在单眼皮底下藏着，翻白眼颇省事。鼻子短而往上掀着点，好像时时在闻着面前的气味。薄嘴唇，哭的时候开合很灵便，笑的时候有股轻慢的劲儿。全脸如小架冬瓜，上窄下宽，腮上坠着两块肉。在不哭不笑的时节，单眼皮奄拉着，鼻尖微卷，小薄嘴在两个胖腮中埋伏着，没人知道他是要干什么。脸色略近象牙的黄白，眉毛从略，脑顶上稀稀地爬着几根细黄毛。部分地看来，无一可取；全体地端详，确有奇气——将来成为豪杰与否还不敢说，现在一定不是个体面的娃娃。但是自己能创造出不体面的脸来，心中总多少有个数儿，至少他是有意气牛老太太。

虽然这么说，到底他有点艺术的手段，两腮的肉救了他的命。牛老太太当要对他生气的时候，往往因为那两块肉而把气压下去。官样孩子的基本条件是多肉；有眉毛与否总是次要的。况且“孩大十八变”，焉知天赐一高兴不长出两条卧蚕眉呢。老太太为减少生气，永远先看他的腮。客人呢，自然也找最容易看到的地方来夸奖：看这一脸的肉，有点福气！至于那些不得人心的地方，主人与客人都看得清楚，可是都持着缄默的态度。艺术，由此看来，就是个调动有方；假若天赐把肉都匀到屁股上去，那只好专等挨揍吧。

到了八个月，牛老太太由极精细的观察，发现出来：设若再不把娃娃抱起来，也许那个扁平的脑勺会更进一步把应长在后面的东西全移到前面来，

而后面完全空空如也。把脑后的头发要都移植到脑门上来，前面自然威风凛凛喽，而后半一扫光怎样办呢？老太太考虑了许久，才下了第二道解放令：娃娃除在吃奶时间也理合抱一会儿。

随便解放，无论对于什么，是很危险的。最牢靠的办法是一把儿死拿；即使憋急的水会横流，反正不能只淹死一个人。抱娃娃令刚一下来，连四虎子也搭讪着走上前来。更气人的是天赐见着四虎子就往前扑，而且一串一串地喊“巴”！四虎子这小子，别看他愣葱似的，有时候一高兴也能做出巧妙活儿来。不知从哪里学来的，他很会抱娃娃。牛老太太虽然能把四虎子喝出去，可是没法子使天赐明白过来：一个官样的孩子怎能和个老粗相友爱

呢。老太太越想把娃娃的身份提高，（而且是完全出于善意，）娃娃偏成心打坐坡，不知好歹。她自然犯不上为这个而想自杀，可是心中真不痛快。她在夏天嘱告四虎子多少回了，穿好了小褂！而四虎子在挑水去或打扫院子的时候，偏赤着背。没办法！现在，天赐又是个下溜子货。况且老太太不是不以身作则呀，顶热的天她也没赤过背，照旧是穿着官纱半大衫，在冰箱旁边的瓷墩上规规矩矩地坐着。再说，她也没叫四虎子抱过一回，你说天赐是和谁学的，偏偏爱找四虎子！

老太太可是没完全灰心，该办的还得办，只求无愧于心吧。天赐该种痘了。老太太亲自出马去调查。施种牛痘的地方很多，天赐自然不能上这样地方去，身份要紧。花钱种痘的地方也不少，可是大概分为两派：一派是洋式的，只种一颗，而且不必一定种在胳臂上，腿上也行。一派是老式的，准在左右两臂上各种三颗，不折不扣，而且种的时候，大夫的手不住地哆嗦。她决定抱天赐到打哆嗦的地方去，理由是哆嗦得厉害了，也许应种六颗而种成七颗或八颗；牛痘不是越多种越好么？

择定了吉日，大举地去种痘。纪妈戴上应戴的一切首饰，穿上新衣。老刘妈也愿跟去，一半是走狗，一半是天气已暖，借机会去散逛一番。她也打扮起来。牛太太于装扮得尽情尽理而外，还找出檀香股子的老折扇；还不到拿扇的时节，专为表示大雅。天赐穿了新红洋绉的毛衫，头上的几根黄毛很勉强地扎成一个小辫，专仗着红绒绳支持着。脚上穿了黄色老虎鞋，安着红眼睛，挂白挂须。除了他自己，其余的都很体面。

活该天赐丢人！设若只种一颗，虽然也得哭——种痘而不哭的小儿恐怕是没有哭的本能——但绝对不会把哭的一切声调与姿态全表演出来。种六颗，不哭怎么办呢？好一阵哭，嘴唇好像是橡皮的，活软而灵动。眼中真落了泪，有往鼻子上流的，有在眼角悬着的，还有两三滴上了脑门。老虎鞋也踢掉了一只，小辫也和绒绳脱离了关系。连扁平无发的脑勺都红红地挂着汗珠，像一堆小石榴子儿。由全体上看，整是大败而归的神情。牛老太太要不是心疼扇股子，真想敲他一顿好的。好在医生很坚决，不种齐六颗不拉倒，因为牛太太有话在先：种六颗才送一块钱，短一颗扣大洋一角五分。天赐觉到非抽疯示威不可了，正要翻白眼，六颗种齐了；算是没成了最动心的悲剧。

回来的时候是抄小路走的，天赐还抽搭呢！

痘发得不错，只瞎了两颗。天赐大概有点心里的劲儿，他并没大发烧，而且几天的工夫没怎么哭，大概是表示：你要不动我，我本来不愿多费眼泪。

痘儿落了痂，天赐开始喷牙。把“巴”似乎忘了，高兴便缩起脖子，小眼一挤，薄嘴唇一噘，噗！噗完之后，他耷拉着一双胖腮静候有什么效果。果然，大家都想看还包在牙床里的小嫩牙。他不叫看，谁过来噗谁个满脸花。身上的玩意越多，生活的趣味越复杂；牙已露出一个，他觉得噗噗又太单调了，于是自己造了一种言语，以“巴”为主音，随时加上各种音乐：有时候管牛老头儿叫“嘟嘟”，有时候管老刘妈叫“啊”，有时候自己作一首诗——“嘟嘟巴巴噗——噗！啊——”用手一指，原来诗中的要意是要出去，上院里玩玩。牛老太太不准，“野小子！看谁敢上院里去！”没办法，他只好继续作诗，嗯，嗯嗯！据四虎子的解释，这首极短峭的诗是骂牛老太太呢。

天赐可是还不会爬。“七坐八爬”，老刘妈早就这么预言下了，而天赐决定不与她合作，偏不爬。事实上是这样，他是头沉腿软，没法儿爬。他于是发明了滚，肚子，脊背，来回翻转，会横着移动。有时候利用肚子朝上的机会，小麻雀向空中喷水，直起直落，都浇在自己身上，演习着水淹七军。“这小子官样不了了！”牛老太太心里说。可是四虎子赶上太太不在家的时候，特意过来烦演这一出。“来一个，伙计！来一个直直的！”天赐为表示感激，真来了直直的；四虎子把预备买袜子的钱给天赐买了一对哗啷棒，一个脑子是五个黑豆的小人，头一动就哗啦哗啦地响。这头一批玩具是四虎子的礼物；那些当权的人们谁也没想到这一层！天赐露着小牙叫了四虎子一串儿“巴”，老刘妈那只好眼差点也气瞎了！

六　哔唧棒儿

新落花生又下市了，天赐已经一岁。

在他十个来月的时候，纪妈心中已打开了鼓：她真愿回家看看自己的娃娃去，可是她又怕回去。城里的享受和想家的苦痛至多不过是一边儿重，有时候她宁愿牺牲了大米白面与整齐的衣服，而去恢复骨肉团聚的快乐；个人的物质享受没完全克服了她的心灵。（要不怎么老刘妈不喜爱她呢。）难处是在这里：把自己撇开不提；那点钱！那点钱！！那点钱！！！在她看，她自己有了吃喝，她必须把所挣的钱全数交给家中，这才对得起大家。在家中看，她的离开家庭是种高贵的牺牲，可是他们真需要那点钱。她愿意回去，他们也愿意她回来，但感情敌不过老辣的事实，那点钱立在他们与她的中间，像一个冷笑的巨鬼，使他们的血结成冰。她的心拴在她自己的娃娃身上，她的理智永远吻着那几块钱。回去，回去！有时候她跺着脚这样自言自语。可是她真怕——有那么一天还是非回去不可呢！假如天赐断了奶！在十个月左右断奶是常有的事。她常愣着，长嘴闭成一道线，什么也想不出，只有家，钱，家，钱，两个黑影来回地撞她的心。

幸而在十个月左右，牛老太太没有提断奶的事，走狗老刘妈也没提——有多少多少事，该做的事，太太要是想不起，老刘妈便也想不起；有多少多少事，无须办的事，太太自要一提，老刘妈便有枝添上叶；地道走狗吗。她们没有提，纪妈更会闭紧了嘴。可是她想起自己的娃娃，比天赐大着两个月，应当是生日了。一生日了，自己的娃娃，会走了吧，长了多少牙，受别人的气不受，吃了什么，穿着什么……她看着天赐落泪，在夜间；白天，得把泪藏起来。

对于天赐，她有时候发恨，因为她自己的娃娃；有时候恩爱，因为她自己的娃娃。一想起自己的娃娃，她看天赐只是一堆洋钱，会吃奶的洋钱。可也有时候，她紧紧地抱着他，一个跟着一个地亲嘴，长嘴岔连天赐的胖腮都吸了进去，像虾蟆吞个虫儿似的，弄得天赐莫名其妙。在断奶与失业的恐怖中，她没法不更爱这堆洋钱了。她心中唯一的希望是：假如天赐懂得报恩，而不许她走，她便能多混几个月——长久的计划是不能想的。她加意地看护天赐，而且低声地把委屈都告诉了他，他似乎懂又似乎不懂地和她瞎嘟嘟。有的时候，她把娃娃放下，而恫吓着：“我走了！再不回来了！”然后走出几步去看看有什么作用。天赐多半是滚起来，抬着头，两手用力支持着，啊啊几声。纪妈心中痛快些——这小子还有人心。不过也有的时候，他手脚朝天，口中唱着短诗，完全不理她；这使她非常的难过，“好东西；我走就是了！”可是她知道那几块钱的价值是不能这么随便舍弃的。她稍微瘦了些。

至于天赐是否爱纪妈呢？很难说。这小子有时候能非常的冷静，两腮一垂，眼角耷拉着，很像个不大得志的神仙，对谁也不表示亲热，特别是对牛太太。在这三个女人中，自然他和纪妈最熟，但熟不就是爱。设若他能爱的话，无疑的他最爱四虎子，其次是牛老者，大概他是愿做个男性的男子汉。可是他也爱花的东西，谁的衣裳上有花，他便扑过去；纪妈看出这个来，她可是不敢穿花衣裳。在她的简单而可敬的心中打算着，假如被辞退，她走的时候须穿上一件花衣。设若天赐能抱住她不放，她的机会便多了些。她想暗中托四虎子把一件蓝布衫卖掉，以便买几尺花洋布；她绝不肯动用工钱中的一文。

可是在执行这条计策之前，她觉出她脚下的地已稳固了些。有一天老刘妈病了，得由纪妈下厨房做饭。老刘妈最讨厌别人动她的锅碗刀勺。只要她支持得住，绝不肯离开厨房。十回有八回，她有病而不告诉人，怕别人占据了她的地位。由忠诚而忌妒是走狗的伟大，而是圣人的缺点。这回，她可是不能不离开厨房了，因为四虎子发现了她手里拿着炒勺，躺在水缸的前面，嗓子堵着一口痰，一口很有将她憋死的把握的痰。四虎子慌了，慌得惊鸡似的，越嘣越没主意。直到牛老太太来到，他才把老刘妈卷巴卷巴抱到她屋里去。牛老太太开开自己的药库，细细合算了一番，找出一包纸上带“⫫”号的丸子来。牛老太太都文雅官样，就是记药包的办法是和送水和卖炭的学来的，在纸上画不同的鸡爪代表药的差别与功用：爪朝上的是妇科药，五爪的是治重病的。五爪丸灌下去，老刘妈喘过口气来，可是仍然不能动弹；太太也明白交派下来：非吃四爪丸不准下地。

这样，纪妈便非下厨房不可了。往常她每每张罗着帮老刘妈的忙，而都被拒绝了；老刘妈的势力范围是不许别人侵入的。四虎子倒能搭把手，如剥剥葱、洗洗米之类的不惊人的工作。可是四虎子是个“小子”呀；同性的不便合作，便给了异性的一些携手的机会。纪妈平日除了看孩子，次要的工作是做些针线活。老刘妈对这个是无可如何的，她的眼已不作脸了。可是她生气：不是她真愿包办一切，活活把自己累死，而是愿意一切都由她监管，她得在事实上算头一份儿。看看太太和纪妈讨论怎么裁，怎么作，完全没她的事，多么难堪！因此，她更得把厨房的门关得严严的了。现在，吃下五爪丸去，任凭纪妈侵略厨房，她觉得生命的空虚，像条一叫便咳嗽的老狗那么卧着。

纪妈自己知道不能和老刘妈竞争，就拿切葱丝说，她一辈子也不用想能切得那么细，像老刘妈切的似的。可是她心中痛快了点，自要一进了厨房，她以为便有可以顶了老刘妈的希望。她一点没有替老刘妈祷告快死的意思，但事实往往使人心硬一些：老刘妈吃了五爪丸，也许……呀！一个人的死会给别人一些希望。

更使她高兴的是天赐表示了态度。她正在煮饭，四虎子奉了太太的命令，调她急速回营，因为天赐和太太闹翻了。四虎子看着饭，纪妈脚尖高仰，脚踵急蹴，头上的发髻一起一落，慌忙地跑来。天赐在床上仰卧，手脚乱蹬，哭得异常伤心，而没有充足的眼泪。

“看这孩子，看这孩子！”牛老太太叨唠着，“不跟我，翻波打滚！好的，越大越有样儿了！”

天赐一点也没有把妈妈放在心上，扑过纪妈去，一头扎在怀里，登时不哭了。藏了有一分钟吧，回过头来笑了，眼皮上还悬着两个舍不得走的泪珠。

“从此你就别再跟我，你个小东西子！”牛太太指着他的鼻尖说。

“啊，卜！”天赐毫不客气地反抗。

纪妈没敢做任何的表示，极冷静地守着中立；介乎两大之间，这是最牢靠的办法。可是她心中自在了许多——要是天赐能多来这么几次，她的地位可就稳固多了。

到天赐生日那天，老刘妈才又照常办公，已把五爪四爪三爪等丸药都依次吃过；太太的医术简直比看香的张三姑还高明——这在老刘妈心中是最高的赞扬，因为张三姑能用香灰随便治好任何病症。

天赐的生日有两项重大的典礼，一项是大家吃打卤面，一项是抓周。第一项与天赐似乎无关，而好像专为四虎子举行的。四虎子对打卤面有种特别的好感，自要一端起碗来就不想再放下。据他自己说，本来五大碗就正好把胃撑得满满的，可是必须加上两三碗，因为他舍不得停止吸面的响声；卤面的响声只能和伏天的暴雨相比，激烈而连贯。

第二项可是要单看天赐的了。大家全替他攥着一把汗。纪妈唯恐他去抓太太所不愿意叫他抓到的东西，因为他是吃她的奶长起来的，他要是没有起色，显然是她的奶没出息。一个妇人的奶要是没出息？！四虎子另有个愿望，他热心地盼望太太公道一些，把那对哗啷棒也列入，他以为小孩而不抓玩具简直不算小孩，而是个妖精。可是牛太太不能公道了，她早和刘妈商议好应用哪几件东西去试试天赐。太太有块小铜图章，是她父亲的遗物，虽然只是块个人的图章，可是看着颇近乎衙门里的印。太太最注意这件高官得做、骏马得骑的代表物。老刘妈建议：应把这块印放在最易抓到的地方，而且应在印纽——一个小狮子——上拴起一束花线，以便引起注意。其次便是一支笔，一本小书；二者虽不如乌到成功伸手抓印的那么有出息，可是万般皆下品，唯有读书高，笔与书也是做官的象征，不过是稍绕一点弯儿。再其次是一个大铜钱，自从在咸丰年间铸成就没用过，非常的光亮。这是为敷衍牛老者，他是把钱放在官以上的人；天赐既是老爷和太太共同的产业，总得敷衍牛老者一下。

至于牛老者呢，他目下以为卤面高于一切，很有意加入一把羹匙，表示有卤面吃的意思——一个人有面吃，而且随便可以加卤，也就活得过儿了。可是他并没向太太去建议，少和太太办交涉是使卤面确能消化的方法，这个人专会为肚子而牺牲了理想。

纪妈当然没有发言权。四虎子向老刘妈打听明白，心中觉得不平。这太不公道了。况且怎见得哗啷棒便比铜钱低呢？可是，他自有办法。

一个非常美丽的秋天，浅远的蓝天上飞着些留恋的去燕。天赐抓周礼在正午举行，在桂香里飘来一两声鸡鸣。老刘妈把御定的几项物件都放在铜盘上，请太太过目。然后纪妈抱来天赐，他的脸还是耷拉着，仿佛一点也没看出一周年有什么可乐。虽然眉毛已有相当的进步，长出稀稀的几根。可是鼻子更向上卷了些，“不屑于”的神气十足。

老爷为保养肚子，带着里边的三碗卤面，已在床上打开了不很宜于秋高气爽的大呼。四虎子请了他一次，他嘟囔了几声，不知是要添点卤，还是纯粹为嘟囔而嘟囔。不管怎样吧，他依旧睡下去。

四虎子回来报告：“老爷睡了，我替他吧？”

“你是什么东西？”太太说。

四虎子也愣住了，他自己不知道他是什么东西——这本是世上最难答的一个问题。可是他搭讪着站在屋里，手按着大褂的口袋，太太也没再驱逐他。

老刘妈比牛太太还热心，一个劲嘱咐天赐，“抓那个有花绳绳的小印，老乖子！”

天赐用小眼看了看铜盘，刚一伸手又缩回去，把大拇指放在口中，好像是要想一想看。屋中的空气十分的紧张。拔出手指，放在鼻前端详了一番，觉得右手拇指不高明，把左手的换上来咂着。咂着似乎不大过瘾，把食指探到小白牙的后面去掏，仿佛刚吃了什么塞牙的东西。

纪妈托住了他，往铜盘那边送，大嘴发出极轻微的声儿，就像窗上的纸口，裂得虽大而声儿很细，当风吹过来的时候：抓呀！抓呀！

天赐探着身，看桌上的小胆瓶颇好玩，定着眼珠看，用手指着：啊啊呀呀。对于铜盘一点也没看起。

老刘妈急了，要把着娃娃的手去抓。太太非常镇静地拦住她：等等，看他自己抓什么！

四虎子本没打算出声，可是不晓得嗓子里怎一别扭，嗽了一下。天赐的头回过来，张牙舞爪地往这边扑。这时候，四虎子再也忍不住，把久已藏好的哗啷棒从衣袋里掏出，哗啷了几声。天赐笑着，眼中发着光，鼻旁起了好几个小坑，都盛着笑意，身子往前探，两手伸出去。他要哗啷棒！

太太想喝止住他们，可是说时迟，那时快，花棒已换了手，天赐连踢带跳地摇起来，响成一片。

太太的一对深眼，盯着四虎子，问：“花棒，抓花棒，有什么说章呢？”太太的脸要滴下水来。

“说章？”四虎子想了想，“爱玩！”

七　两种生活

一岁，两岁，三岁，光阴本来对什么都不挂心，可是小猫小狗小树小人全不住地往起长，似乎替光阴做消费的记录呢。天赐三岁了，看着很像回事儿。他说话，走路，断奶，都比普通小孩晚些，可是到了三岁他已应有尽有，除了眉毛不甚茂盛，别的还都能将就。一个小孩能全须全尾地活到三岁，并不是件容易的事；即使自己努力向善，有时候外来的势力会弄瞎他一只眼，或摔成罗锅儿，或甚至于使他忽然地一命呜呼。所以在自己努力之外，还得有些特别的智慧，能使自己的生长别和外来的势力顶了牛，如两个火车头碰到一处。天赐是值得佩服的，这三年工夫总算对付得不错。

牛老太太那份儿热心不止于负使天赐成了拐子腿的责任；专拿他的眉毛问题说，就剃过不知多少回。这个问题就很不易解决，而且很有把脑门剃个大口子的危险。天赐在这种地方露出聪明。原来的局势是：老太太以为非勤剃不可，即使天赐是块石头。而天赐呢，总以为长眉毛与否是他的自由，而且以为还没有到长眉毛的时候。设若这样争执下去，眉毛便一定杳无音信，而刀子老在眼前晃来晃去，说不定也许鼻子削下半个去。天赐决定让步，假装不为自己，而专为牛老太太，把生力运到脑门上去。这不仅是解决了小小的问题，和保全住了鼻子，而是生命哲学的基本招数。要做个狗得先长得像个狗，人也是如此。人家都有眉毛，你没有便不行，在这块没有自由，你想把它长得尖儿朝上像俩月牙似的都不行，要长就得随着大路，天赐明白了这个，所以由牛犄角里出来而到大街上溜达溜达。这未免有点滑头，可是老头儿有几个不是脑顶光光的？棺材里的脑袋多半是光滑的，这是“人生归宿即滑头”的象征。带着一头黑发入棺材固然体面，可是少活了年岁呢！

天赐非滑头不可。眉毛算是稀稀的足以支持门面了，还有头发问题呢。特别是那个扁脑瓢上，成绩太坏。还得剃！天下还有比剃头再难过的事？一上手，就把头部洗得和鱼那么湿。而后，按着头一劲儿剃，不准扬脖，不准摇动，不准打个喷嚏；得抿耳受死地装作死人，一点不关心自己的脑袋，仿佛谁把它搬了走也别反抗。偶然一动，头皮来个大口子；而且是你自己的不是。剃过一遍，还得找个二茬，脑袋好像是新皮球，非起亮不可。剃完以后，脑皮干巴巴的不得劲还是小事，赶到照镜子一看，无论多么好脾性的小孩也得悲观：头不像头，球不像球，就那么光出溜的不起美感，只好自比于烫去毛的鸡。头皮若是青青的也还好；像天赐的头皮，灰里发青，起着一层白刺，他简直没法看重自己。

因此，他决定长头发。头发有了不少而仍须剃的时候，他会装病，一听见剃头的唤头响他就宣布肚子疼。我已有了头发，为什么还得剃呢？他自己这样问心，而觉得假装肚痛是可告无愧的。

眉毛头发俱全，脸又出了毛病，越来越黑。一天至少得洗三遍！水本是可爱的，可是就别上脸。水一上了脸非胡来不可，本来脸不是盛水的玩意。它钻你的眼，进你的耳朵，呛你的鼻子，淹你的脖子，无恶不作。况且还有胰皂助纣为虐呢，辣蒿蒿的把眼鼻都像撒上了胡椒面；你越着急，人家越使劲搓，搓上没完，非到把你搓成辣子鸡不完事，连嘴里都是辣的。不能反抗，你要抬头，人家就按脖子，一直按到盆里，使你的鼻子变了抽水机。也不能不反抗，你要由着性儿叫人家洗，人家以为你有瘾，能干脆把你的脸用胰子沫糊起来，为是显着白，整整糊四五点钟。天赐的办法是不卑不亢，就盼着给他洗脸的人生病。事实逼的，连天赐也会发恨。

他一点也没觉得脸黑有什么障碍，脸黑并无碍于吃饭。他不知大人们为什么必替他操心。有许多他不能明白的事，而且是别问，一问就出毛病。他学会了自己嘟囔，对着墙角或是藏在桌底下，他去自言自语："桌子，你要碰福官的脑袋呀，福官就给你洗脸，看你多么黑！给你抹一条白胰子，福官厉害呀！不是福官厉害，他们跟福官厉害，明白了吧？臭王八！"这最后的称赞，他没肯指出姓名来，怕桌子传给那个人，而他的屁股遭殃。

天赐虽然说不出来，可是他觉到：生命便是拘束的积累。会的事儿越多，拘束也越多。他自己要往起长，外边老有些力量钻天觅缝地往下按。手脚口鼻都得有规矩，都要一丝不乱，像用线儿提着的傀儡。天上的虹有多么好看，哼，不许指，指了烂手指头！他刚要嚷："瞧那条大花带儿哟。"必定会有个声音——"别指！"于是手指在空气中画了个半圆，放在嘴边上去；刚要往里送，又来了："不准吃手！"于是手指虚晃一招，搭讪着去钻钻耳朵，跟着就是："手放下去！"你说这手指该放在哪儿？手指无处安放，心中自然觉着委屈，可是天赐晓得怎样设法不哭。他会用鼻子的撑力顶住眼泪，而偷偷地跑到僻静地方去想象着虹的美丽，小手放在衣袋里往上指着。

多了，不准做的事儿多了。另有一些必须做的，都是他不愿意做的。他的小眼珠老得溜着，像顺着墙根找食吃的无娘的小狗。在那可怕的眼线外，他才能有些自由。对那些不愿做而必须做的，他得假装出快乐：当他遵照命令把糖果送到客人手下的时候，他会心中督促着自己："乐呀！福官不吃，送给客人吃。因为妈妈说福官不馋！"把唾沫咽下去，敢情没有糖那样甜！

要是由着他自己的性儿发育，谁知道他长成什么样子呢。他现在的长相绝不完全出于他的心愿。三岁的天赐是这个样：脸还是冬瓜形，腮上的肉还堕着，可是没有了那层乳光，而且有时候耷拉得十分难看。嘴唇也没加厚，只是嘴角深深地刻入了腮部，老像是咽唾沫呢——客人来多了，眼看着糖果的支出而无收入，还不能不如此！鼻子向上卷着，眼扣扣着，前者是反抗，后者是隐忍，所以二者的冲突使稀稀的眉毛老皱皱着；幸而是稀稀的，要不然便太露痕迹了。扁脑勺上长出个反骨来，像被烟袋锅子敲起来的。脸上很黑，怎洗也不亮，到生气的时候才显出点黄色。身子似乎太小点，所以显着头更大。拐子腿，常因努力奔走，脚尖彼此拌了蒜，而头朝下摔个很痛心的跟头。因此，他慢慢地知道怎样谨慎，要跑的时候他把速度加在胳臂上，而腿不用力，表示点意思而已。

嘴最能干。他说话说得很晚，可是一说开了头，他学得很快：有些很难表现的意思，他能设法绕着弯说上来。因此，他的话不是永远甜甘；有时候很能把大人堵个倒仰。可是他慢慢地觉悟出来，话不甜甘敢情是叫自己吃苦子，于是他会分辨出对谁应当少说，对谁可以多讲；凡事总得留个心眼儿。对四虎子，举个例说，便可以无所不讲，而且还能学到许多新字眼，如“臭王八”“杂宗日的”……对牛老太太，顶好一语不发，勤叫着点“妈妈”是没有什么错儿的。

天赐也有快活的时候，我们倒不必替他抱不平。跟牛老头儿上街，差不多是达到任何小孩所能享受的最高点。在出发的时候，他避猫鼠似的连大气也不出，表示他到了街上绝对不胡闹。连这么样，还得到许多蔑视人格的嘱告：“到了街上别要吃的！好好拉着爸爸的手！别跑一脚土！”他心里跳着，翻着眼连连点头。一出了大门，哈哈，牛老头儿属天赐管了。“爸，你在这边走，我好踢这块小砖，瞧啊！爸！瞧这块小砖，该踢不该踢？”牛老者以爸爸的资格审定那块小砖，“踢吧，小子，踢！”

“爸！”天赐因踢小砖，看见地上有块橘子皮！“咱们假装买俩橘橘，你一个，福官一个，看谁吃得快？”

爸以为没有竞赛的必要，顶好天赐是把俩橘橘都吃了。两个橘子吃完，至多也没走过了一里的三分之一。爸绝不忙。儿也不慌。再加上云城是个小城——虽然是很重要的小城——爸的熟人非常的多，彼此见着总得谈几句，所谈的问题虽满没有记录下来的价值，可是时间费去不少。他们谈话，天赐便把路上该拾的碎铜烂铁破茶壶盖儿都拾起来，放在衣袋里，增多自己的财产与收藏。此外，路上过羊，父子都得细细观察一番；过娶媳妇的更不用说。在路上这样劳神，天赐的肚子好似掉了底儿，一会儿渴了，一会儿饿了。爸是绝不考虑孩子的肚子有多大容量，自要他说渴便应当喝，说饿就应当吃。更不管香蕉是否和茶汤，油条是否与苹果，有什么不大调和的地方。自要天赐张嘴，他就喜欢，而且老带出商人的客气与礼让：“吃吧！苹果还甜呀！不再吃一个呀！”这有时候把天赐弄得都怪不好意思了，所以当肚子已撑得像个鼓，也懂得对爸作谦退的表示：“爸！看那些大梨，多好看！

福官不要，刚吃了苹果，不要梨！”爸受了感动：“买俩拿家去吧？”天赐想了想：“给妈妈的？”爸也想了想：“妈不吃梨，还是给福官吧。”天赐觉得再谦让就太过火了：“爸，买三个吧，给妈一个；妈要是不吃，再给福官。”

爷儿俩在街上便完全忘了时间，幸亏爸没陪着天赐吃东西，所以肚子一觉出空还不至于连回家也忘了。“该回去了吧？”爸建议。天赐的肚子充实：“再玩玩，福官不饿。”爸不得已地说出自己的弱点：“爸可饿了呢！”儿子又有了办法：“吃个梨？”爸摇头：“爸要吃饭饭。”爸都好，就是肚子稍微有点缺点；假如爸老不饿，三天不回家又有什么关系？天赐轻轻地叹口气。

快到家了，天赐嘱咐爸：“妈要问，在街上吃了什么呀？”他学着牛老太太的语声：“就说什么也没吃，福官很乖，是不是，爸？”

“对了，”爸也觉得有撒谎的必要，“什么也没吃。可是，你别嚷肚子疼呀！”

“肚子疼也不嚷，偷偷上后院去。”天赐早打好了主意。为自己的享受与自由，没法儿不诡计多端。

可是事情并不这么容易。肚子早不疼晚不疼，偏在半夜疼起来。谁敢半夜里独自上后院呢？忍着是不可能的：肚子疼若是能忍住，就不能算是肚子疼了。

次日早晨，天赐的眼睛陷进去许多。牛老太太审问老伴儿。牛老者不认罪，“我带出他去，他是好好的；回来，还是好好的；

半夜肚疼，能是我的错儿么？”老太太下了令，不许他们父子再上街。牛老者心里非常难过，一个做父亲的不常到街上展览儿子去，做爸爸还有什么意义呢？不该和太太顶嘴，嘴上舒服便是心上的痛苦，他决定不再反抗太太，至少是在嘴头上。

天赐就更苦了：什么也吃不着，一天到晚是稀粥白开水，连放屁都没味。也不准出去，只在屋里拿一点棉花捏玩意儿，越捏越没意思，而又不敢不捏，因为妈妈说这是最好的玩法吗。

天赐觉得有两种生活，仿佛是。妈生活与爸生活：在妈生活里，自己什么也不要干，全听妈的；在爸生活里，自己什么也可以干，而不必问别人。自然他喜欢爸生活，可是和爸上街的机会越来越少了。次好的是四虎子生活，虽然四虎子不能像爸那样给买吃食，可是在另一方面他有比爸还可爱的地方。就以言语而论：四虎子会说谁也想不起怎说，而且要说得顶有力量的话。他能用一两个字使人心里憋闷着的情感全发出来，像个爆竹似的。一天到晚吃稀粥，比如说吧，该用什么话来解解心头的闷气？四虎子有办法：“他妈的！”这三个字能使人痛快半天，既省事，又解恨。还有“杂宗”“狗蛋”……这些字眼都不需要什么详细说明，而天然的干脆利落，有分量。天赐学了不少这种辞藻，到真闷得慌的时候，会对着墙角送出几个恰当的发泄积郁。四虎子，在天赐眼中，差不多是个诗人。

“肚肚，你又饿了？他妈的！那个老东——”天赐回头扫了一眼，“狗蛋！”心中痛快多了。

八　男女分座

在天赐断奶之后，纪妈心里愁成个大疙瘩。她恨不能飞回家去，看看自己的娃娃，真的；可是她不敢说，到底是娃娃还是工钱更可宝贵。

正在她最害怕的时候，老刘妈又病了，而且病得很重。

牛老太太虽然药多，可是她知道：药治得了病，治不了命。老刘妈是快七十的人。老太太为了难：万一刘妈死了呢，哪去找这么可靠的人？这并不是说，“老”就好，不是；老刘妈的好处是在乎老当益壮。老马要是能照样干活，谁舍得钱去买匹小的呢？况且养着能干活的老马也显着慈善不是？可是老马既然拒绝了吃草，那也说不上不另打主意。走狗的下场头啊！

为思路的顺便，牛太太自然而然地想到了纪妈。纪妈年轻力壮，而且也是乡亲，满可以代替老刘妈。可是纪妈自己有小孩，还能够叫她带来么？叫个不三不四的野孩子和天赐在一块，干脆不行，只能让她“暂代”，至于长远之计——忽然想起四虎子来。给四虎子娶个老婆，岂不一打两用：一来可拢住他的心，二来可以用个女仆，倒也不错。反正四虎子的老婆得由牛宅给娶，他自己没家没业。可是四虎子娶亲后，要是有小孩呢？这么一想，老太太不甚热心了。越是下等人越会生小孩，这使她气恨。好，没使成女仆，倒闹得天上地下都是孩子，那才有个意思呢！不行。

老刘妈的病可不这样犹疑，一天不如一天。四虎子下乡把她的儿子找来。牛太太说得好：“要死得死在自己家里。”老刘妈真没想到这个。太太应许了她一口棺材，作为她服务几十年的报酬。

老刘妈走后，纪妈暂行代理。不多的日子，刘妈死了。纪妈能否实任呢？牛老太太没有什么表示。她看纪妈很努力，可是孩子问题不能解决。正在这么个时候，乡下送上信来：纪妈的孩子死了。纪妈不敢放声哭，怕主人说丧气，可是两三夜眼泪没有干过。为那几块钱，把人家的孩子奶大，自己的娃娃可死了，死了！她梦见她的娃娃，想着她的娃娃，低唤着她的娃娃；永远不能见面了！她恨她自己，恨她的丈夫，恨天赐；世界上再没有爱。“穷”杀死一切。她两三天没正经吃饭，可是还得给别人做，油腥味使她恶心，使她想把碟子碗全摔了。到底她得横心，钱是无情的。她还得为丈夫奔，为大家想。她得自动地忘了她的娃娃，自己管住眼泪。钱不听，也不原谅，哭声！

她和太太请三天假，回家看看死娃娃。

“那么，你还愿意回来？”太太问。

纪妈用尽了力量回答：“愿意！”为那些工钱。命不是肉做的，是块比钱的分量轻的什么破铅烂铁。

太太合算了一番：为四虎子娶老婆得花一百多块。这笔钱早晚是得花的，不错；可是晚一点到底有利无弊。先叫纪妈试试吧：“自要你愿意，你就回来，我这也缺人。好在娃娃也死了，你也没的可惦记着了；做几年事也不错，趁着年轻。”

“没有可惦记着的了！”在纪妈心里来回地响，她的泪不由得落下来；看在钱的面上，她不能否认这句话。

太太还有话呢，纪妈没心去听，可是不能不听着。

“你回来，就干老刘妈的事了。话得说明白：以后你可不是奶妈了，我也不能给那么大的工钱。不在乎一两块子钱，规矩是规矩；奶妈照例是挣得多点。我也苦不了你：我这儿饭食不苦，这你知道。你好好干呢，我穿剩下的衣裳都是你的；三节[①] 还有赏钱。我不在乎一块半块子钱，我不能叫人笑话我；这城里没有五块钱一个月的老妈子。以后，我给你三块钱，这是规矩。你干得好呢，我再给你五毛点心钱，咱们以好换好。是这么着不是？”

纪妈点头，她说不出话来。在城里这么多日子了，她知道，老妈子的工钱真是三块钱一个月。她什么也说不出，这是规矩！

---

① 三节：指春节、端午节、中秋节。

她走了三天，天赐就开始跟牛太太去睡。他和纪妈的关系，从此，也就说不上是好是坏来。纪妈老有点恨他，她老记着：她的娃娃比天赐大两个月。越看天赐长身量，她越难过——她的娃娃永远不长了。天赐自然是莫名其妙。可是久而久之，他觉到纪妈的眼神有点不大对，不能不躲着她了。不过纪妈也对他有好处，每逢他饿了，眼看着盘中的吃食而不敢要，他便偷偷去找纪妈。在这种时节，她的眼神不对也得算对，她总会给他烤块馒头什么的吃，“吃吧，小东西！不饿也不找我来！”天赐没办法，只好先安慰了肚子，而后再管灵魂。他慢慢地把家里的人分为两组，一组男，一组女；女组是不好惹的。

他越大越觉出男女的不同，也越不喜欢女的。当四五岁的时候，牛老太太遇上亲友家有红白事，高兴便带了他去。在出发之前，看这顿嘱咐与训练：别当着人说饿，别多吃东西，别大声嚷嚷，别弄脏了衣裳；怎么行礼？做一个看看！怎给人家道喜？说一个……而后打扮起来：小马褂，袖儿肥阔而见棱见角，垂手吧，袖儿支支着；抬着手吧，像要飞。长袍子，腰间折起一块还护着脚面，不留神便绊个跟头。小缎帽盔，红结子——夏天则是平顶草帽，在头上转圈。这样装束好，他的脸不由得就拉得长长的；通体看来：有时候像缩小的新郎官，有时候像早熟的知县。他非常地看不起自己，当这样打扮起来。出大门的时候，他不敢看四虎子，准知道四虎子向他吐舌头呢。

在家里差不多快叫女的给摆弄碎了；到了外面，女人更多，全等着他呢。“哎哟，福官长这么高了！这个小马褂，真俏！”他只好低着头看自己的鞋尖，脸上发热。家里的女人在后面戳脖梗子，“说话呀！处窝子！”他想不起说什么，泪在眼里转圈。而后，人家拍他的扁脑瓢，专为使小帽盔晃动，因为那里空着一大块。扒拉他的脸蛋，闻他的手；怎么讨厌怎办，这群女的。

虽然表面上这么表示亲善，可是他看得出她们并不爱他。有妈妈在跟前，大家乖乖宝贝地叫；妈妈不跟着，人们连理他也不理；眼睛会由小马褂上滑过去。更叫他伤心的，他要是跟人家的小孩玩耍，人家会轻轻地把小孩拉走，而对他一笑，“待会儿再玩。”他木在那里半天不动，马褂又硬整，很像个没放起来的风筝。他不知这是因为什么，不过他——四五岁了——觉出有点什么不对的地方来。他只能自言自语地骂几声：“妈妈的！”

等到回了家，还得被审：“谁跟你玩来着？”

“小秃。刚玩一会儿，小秃妈把小秃拉走。”

“呕！呕呕！”妈妈连连点头，脸上不是味儿。

爸要是带他出去，便没这些事。爸给亲友贺喜或吊祭去，只是为吃。在路上父子就商议好：你爱吃丸子，是不是？好吧，爸给多夹几个。吃完饭上哪儿呢？出城玩玩？还是上老黑的干果子店？要是上老黑那里去，爸可以睡个觉，而天赐可以任意地吃葡萄干，蜜枣；而且伙计们都愿陪着他玩：在柜里藏闷儿，拔萝卜，或是赌烟卷画儿。男人们不问这个那个的。况且老黑还有一群孩子呢。这群孩子中能走路的全不常在家。不过，要赶上他们在家，那个乐趣差不多和做一回皇上一样。这群孩子永远不穿小马褂，脚老光着，而经验非常的丰富。男的和女的一样。全知道城外的一切河沟里出产什么，都晓得怎样掏小麻雀，捉蜻蜓，捞青虾，钓田鸡，挖蟋蟀……他们的脸，脖子，脊背，都黑得起亮；有泥也不擦，等泥片自己掉下去，或是被汗冲了走。

天赐跟他们玩半天，才知道自己的浅薄，而非常高兴他们的和爱可亲。他们都让着他，比如捉老瞎的时候，他要是被捉住，该打十板就只打五板，可是打得一样的疼。天赐忍着痛，不哭；他晓得他们的打手板是出于诚意，打得不疼还打个什么劲？他们诚意地告诉他，小马褂不是人穿的。假如出城去掏麻雀或捞青虾，可能穿着马褂吗？说得他闭口无言，而暗恨妈妈。提到了妈妈，他们更有办法，“妈妈？妈妈的腿慢呀。一打就跑；妈妈追不上。”

“妈妈要不给饭吃呢？”天赐问。

“就不吃！非等妈妈来劝不可。”

“妈妈要是不来劝呢？”

“先偷个馒头垫垫底儿。”

听了这个和一些别的，天赐开始觉到该怎样做个男子。和爸回家的时候，先得了爸的同意——在路上不用穿小马褂了。爸不反对。到了家中，他预备扒袜子，看光脚行得开行不开。把袜子扯下来，先到厨房探探纪妈的口气。

“你这孩子，找打呢！”

天赐心里说：“打？我会跑！”假装没事似的往妈妈屋中走，鼻子卷起高度的反抗精神。

“越学越好了！”预期的雷声到了，“谁兴的光脚啊？”

天赐沉着应战，假装没听见。

“说你哪！穿上去！”

“不爱穿！”

妈妈气得脸都白了，“好，好！你可也别吃饭！”

“先偷个馒头垫垫底儿！”天赐自己知道非失败不可了。不行，到底自己没那么多的经验！男子汉恐怕做不成了。

结果，还是穿上了袜子，托纪妈给说的情，自己认了罪，才吃上了饭。肚子饱得没什么味儿，可是也没办法。妈妈到底不是好惹的，而肚子又不给自己作脸，失败！

天赐苦闷，没有小孩和他玩。大门成天关得严严的，而院里除了他都是大人。四虎子虽然可爱，究非小孩。天赐常常见着老黑的那伙儿女，可惜是在梦里！

他只好独自在院中探险。大门里是四虎子的屋子，他常来玩玩，特别是妈妈睡午觉或不在家的时候。和这间屋子连着的是三间堆房，永远锁着。四虎子抱起他从窗纸的破处看过一回，里边的东西复杂而神秘。这是牛老者营商的史料保存所；招牌，剩货，帐竿……全在这儿休息着。天赐对这三间屋子有点怕，又愿进去拾些玩具，可是进不去。对着这三间堆房是个小屏风门，进门便是三合房的院子了。北房前有两株海棠树，这有时候供给他一些玩的材料。有一回，树上落下两个小青海棠来，他和它们玩了整整三点钟。从北房与东房的拐角过去，有个小院。这个拐角，据天赐看，是军事上的要地：倒水的，送煤的，纪妈……都得由此经过，他常想藏在垛子旁边“呔”他们一声，吓他们一大跳。可是他呔过纪妈一次，而她把茶碗撒了手；所以他只能常“想”。小院里有三间屋子，纪妈住一间，厨房住一间，煤住一间，按照他的叙述法。

他一天到晚就在这个小世界里转，虽然也能随时发现些新东西，可是没人和他一同欣赏；遇必要时，他得装作两个人或三个人，从东跑到西，从西跑到东，以便显出生命的火炽。及至跑累了，他坐在台阶上，两眼看着天，或看着地，只想到：“没人跟你玩呀，福官！”

九　换毛的鸡

黄绒团似的雏鸡很美，长齐了翎儿的鸡也很美；最不顺眼是正在换毛时期的：秃头秃脑翻着几根硬翅，长腿，光屁股，赤裸不足而讨厌有余。小孩也有这么个时期，虽英雄亦难例外。“七岁八岁讨狗嫌”，即其时也。因为贪长身量而细胳臂蜡腿，脸上起了些雀斑，门牙根据地作“凹”形，眉毛常往眼下飞，鼻纵纵着。相貌一天三变，但大体上是以讨厌为原则。外表这样，灵魂也不落后。正是言语已够应用的时候，一天到晚除了吃喝都是说，对什么也有主张，而且以扯谎为荣。精力十足，在万不得已的时候才翻着跟头睡觉；自要醒着手就得摸着，脚就得踢着，鞋要是不破了便老不放心。说话的时候得纵鼻，听话的时候得挤眼，咳嗽一声得缩缩脖，骑在狗身上想起撒尿。一天老饿。声音钻脑子，有时候故意地结巴。眼睛很尖，专找人家的弱点：二嫂的大褂有个窟窿，三姨的耳后有点泥……都精细地观察，而后当众报告，以完成讨厌的伟业。狡猾，有时也勇敢；残忍，无处不讨厌。

天赐到了这个时期。七岁了。两腮的肉有计划地撤去，以便显出嘴唇的薄。上门牙一对全由他郑重地埋在海棠树下，时常挖出看看。身量长了不少。腿细而拐，微似踩着高跷。臂瘦且长，不走路也摇晃。小眼珠豆一般地旋转。鼻子卷着，有如闻着鼻梁上那堆黑点。扁脑瓢摇动得异常灵便，细脖像棵葱。

牛老太太对这个相貌的变化并不悲观，孩子都得变。她记得她的弟弟，在八九岁的时候整像个瘦兔，可是到了十六岁就出息得黄天霸似的。这不算什么。

她没想到的是这个：以她这点管教排练，而福官不但身体上不体面，动作上也像个活猴。她很伤心。一天到晚不准他出去学坏，可是他自己会从心里冒坏！越叫他老实着，他越横蹦乱跳，老太太简直想不出个道理来。越叫他规矩点，他越棱棱着眼说话，这是由哪里学来的呢？吃饭得叫几次才来，洗脸得俩人按巴着；不给果子吃就偷。胆气还是非常的壮，你说一句，他说两句；要不然他干脆一声不出，向墙角挤眼玩。打也没用，况且一身骨头把人的手碰得生疼。

最气人的是凡事他得和四虎子去商量！原来四虎子看天赐的门牙一掉，不敢再拿他当小孩子了，所以开始应用一个新字儿——咱哥俩。天赐也很喜爱这个亲切有味的字，一出屏风门便喊："咱哥俩说个笑话呀？！"其实四虎子并不会说笑话，不过是把一切瞎扯和他的那点施公案全放在笑话项下。他的英雄也成了天赐的英雄；黄天霸双手打镖，双手接镖，一口单刀，甩头一子，独探连环套！据天赐看，四虎子既有黄天霸这样的朋友，想必他也是条好汉，很有能力，很有主意。所以他事事得和四虎子商议。四虎子也确是有主意，"咱哥俩问你点事。"天赐在这种时节，说也奇怪，能够一点也不讨厌。

"咱哥俩说吧。"四虎子也很真诚。

"想买把刀；街上不是有吗？鬼脸，刀，枪，布娃娃；我不要布娃娃，先买把刀得了。"天赐因为缺乏门牙，得用很大的力量把"刀"说清楚正确，于是溅了四虎子一脸唾沫星子，"妈妈不给钱，怎办？"

"单刀一口，黄天霸，双手接镖？"四虎子点破了来意。

天赐笑了，用舌头顶住门牙的豁子。

四虎子想了想，"跟爸上街，走到摊子前面，怎说也不再走；看，爸，那刀多好！可别说你要；就是一个劲儿夸好，明白不？爸要是给买了，回来你告诉妈妈，不是我要哇，爸爸买的！棱棱着点眼睛说都可以。"

"爸要是不给买呢？"

"不走就是了！"

"镖呢？"

"那不用买，找几块小砖头就行。看着，这是刀，"毛撢子在四虎子的右手里，“往左手一递，右手掏镖，打！练一个！”

天赐聚精会神地接过撢子来，嘴张着点，睛珠放出点光，可是似乎更小了些，照样地换手掏镖。他似乎很会用心，而且做得一点不力笨。

爸果然给买了把竹板刀，刷着银色。在后院里，天赐练刀打镖，把纪妈的窗户纸打了好几个窟窿。他佩服，感激四虎子。凡事必须咱们俩商量，把牛老太太气得直犯喘。

有的时候，老太太还非求救于四虎子不可：天赐已经觉出自己的力量，虽然瘦光眼子鸡似的，可是智力与生力使他不肯示弱。他愿故意讨厌，虽然他可以满不讨厌。事情越逆着来，他越要试试他的力量，他的鼻子不是白白卷着的。恰巧牛老太太是个不许别人有什么主张的人，战争于是乎不能幸免。可是，妈妈与儿子的战争往往是妈妈失败。因为她的顾虑太多，而少爷是一鼓作气蛮干到底。

“福官，进来吧，院子里多么热！”

“偏不热！”天赐正在太阳地里看蚂蚁交战，十分的入味儿。

“我是好意，这孩子！”

“不许看蚂蚁打架吗？！”好意歹意吧，搅了人家的高兴是多么不近情理，况且看蚂蚁打仗还能觉到热吗？

“偏叫你进来！”

“偏不去！”又替黑蚂蚁打死三个黄的。

宣战了！可是太太不肯动手，大热的天，把孩子打坏了便更麻烦。不打可又不行。退一步讲，出去拉进他来，他也许跑了，也丢自己的脸。

“四虎子！”太太在屏风门上叫，不敢高声，怕失了官派，“你跟福官玩玩，别让他在太阳底下晒着。”

四虎子来了，在天赐耳旁嘀咕了两句。

“上门洞说去？”天赐跟着黄天霸的朋友走了。

太太不久也学会了这招儿，可是不十分灵验。

“福官，你要是听说呀，我这儿有香蕉！”

天赐连理也不理，谁稀罕香蕉！几年的经验，难道谁还不晓得果子专为摆果盘，不给人吃？妈妈是自找无趣。

为赌这口气，妈妈真拿了根香蕉。嗯，怎样桃子底巴上短了一口呢？三个，一个上短了一口！

“福官！这是谁干的？”

“桃儿呀？”福官翻了白眼，“反正，反正我才咬了三口，凑到一块还赶不上一整个！”

妈妈放声地哭了。太伤心了：自己没儿，抱来这么个冤家，无处去说，无处去诉！

天赐慌了，把妈妈逼哭了不是他的本意。拐着腿奔了四虎子去，“咱哥俩想主意，妈妈哭了！”

“为什么？”

“我偷吃了桃！”

“几个？”

“三口！”

“怎么？”

“一个上一口，凑到一块还不够一整个；挨打也少挨点！”

在桃儿的压迫下，算错了账是常有的事。

他们找纪妈去劝慰太太，太太更伤心了。没法说呀！不能说天赐是拾来的，不能。可是你为他留脸，他不领情。三个大桃，一个上一口！

好容易妈妈止了悲声，天赐和四虎子又做一度详细的讨论。四虎子的意见是：“我要是偷，就偷一个；你的错处是在一个上一口！”

“求爸赔上妈妈三个呢？”天赐问。

“也好！”

偷桃案结束了以后，太太决定叫天赐上学；这个反劲儿，谁受得了？

孩儿念书，在老太太看，与其是为识字还不如是为受点管教。一个官样的少爷必得识字，真的；可是究竟应识多少字，老太太便回答不出了。她可是准知道：一个有出息的孩童必须规规矩矩，像个大人似的。因此，她想请先生来教专馆。离着先生近，她可以随时指示方针；先生实在应当是她的助手。

牛老者不大赞成请先生，虽然没有不尊重太太的主张的意思。商业化，他并不能谋划得怎样高明，可是他愿意计算一下；计算的好歹，他也不关心，不过动动算盘子儿总觉得过瘾。他的珠算并不精熟，可是打得很响。太太一定要请先生，也好；能省俩钱呢，也不错。他愿意天赐入学校。这里还有个私心；天赐上学，得有人接送；这必定是他的差事。他就是喜欢在街上遛遛儿子。有儿子在身旁，他觉得那点财产与事业都有了交代，即使他天生来得马虎，也不能完全忘掉了死，而死后把一堆现洋都撒了纸钱也未免有失买卖规矩。可是太太很坚决：不能上学校去和野孩子们学坏！她确是知道天赐现在是很会讨厌，但她也确信天赐无论怎样讨厌也必定比别人家的孩子强。再说，有个先生来帮助她，天赐这点讨厌是一定可以改正的。牛老者牺牲了自己的意见，而且热心帮忙去请先生；在这一点上，他颇有伟大政治家的风度。所以怕太太有时候也是一种好的训练。

牛老者记得死死的，只有“老山东儿”会教馆，不知是怎么记下来的。见着朋友，他就是这一句：“有闲着的老山东儿没有，会教书的？”

不久，就找着了一位。真是老山东儿，可是会教书不会，介绍人并没留意。介绍人还以为牛掌柜是找位伙计或跑外的先生呢。及至见了面，提到教书问题，老山东儿说可以试试，他仿佛还记得幼年间读过的小书：眼前的字们，他确是很能拿得起来，他曾做过老祥盛的先生。一提老祥盛，牛老者肃然起敬。

“老祥盛？行了，家去见见吧！老祥盛，”这三个字有种魔力，他舍不得放下，“老祥盛的老掌柜，孟子冬，现在有八十多岁了吧？那样的买卖人，现在找不到了，找不到了！”

王宝斋——前任老祥盛的管账先生——附议：孟子冬孟老掌柜那样的人确是找不到了；他死了三四年了。

王宝斋有四十多岁，高身量，大眼睛，山东话亮响而缠绵，把“腿儿”等字带上嘟噜，“人儿”轻飘地化为“银儿”，是个有声有色的山东人。

束脩[①] 多少，节礼怎送等等问题，王老师决定不肯说，显出山东的礼教与买卖人的义气：“你这是怎么了，牛大哥，都是自己银儿！给多少是多少，给多少是多少；我要是嫌少，是个屌！”王老师被情感的激动，不自觉地说着韵语。

牛老者本来不敢拿主意，就此下台，回家和太太商议。太太有点怀疑王宝斋的学问与经验。老者连连地声明：“老祥盛的管账先生，老祥盛的！”太太仔细一想：没有经验也好，她正可以连天赐带老师一齐训练。于是定了局：每年送老师三十块钱的束脩，三节各送两块钱的礼，把外院的堆房收拾出一间做宿室，西屋做书房，每天三顿饭——家常饭。

“就是花红少点！”牛老者的批评是。

“节礼！”老太太不喜欢商业上的名词，“以后再说，教得好就多送。”

八月初一开馆。天赐差不多是整七岁。

① 束脩：旧时学生给老师的礼物或酬金。

十　开市大吉

念书，请老师，不好就打……弄得天赐连饭也不正经吃了。什么是书呢？牛老太太虽然讲官派，可是牛宅没有什么书。牛老者偶尔念念小唱本，主要的目的是为念几行，眼睛好闭上得快一些。一本小唱本不定念多少日子，而且不定哪一天便用它裹了铜板。天赐不晓得书是什么东西，更不知道为何要念它。老师这个字也听着耳生，而且可怕——带“老”字的东西多数是可怕的，如“老东西”，老虎……

他得和四虎子商议一番：“咱哥俩问你干什么念书？”

“念好了就做官，念不好就挨板子！”

天赐的心凉了半截。“什么是老师呢？”他的小眼带出乞怜的神气，希望老师是种较比慈善的东西。

“老师教给你念书，手里拿着板子。”四虎子不能不说实话，虽然很难堪。

天赐不言语了，含着眼泪想主意。待了半天，他问："我打他行不行呢？"

"不行，他个子大，你打不了他。"

"咱哥俩呢，你帮助我？"

四虎子非常难过，他没法帮助他的朋友；老师是打不得的！他摇头，天赐哭了。

八月初一就快到了！天赐一天问四虎子六七次："还有几天？"

"早着呢，还有三天！"四虎子想给朋友一点安慰，可是到底说了实话。三天！可怜的天赐！"不用怕，下学之后咱们还能练刀玩，是不是？"

这个都没引出天赐的笑来。挨了板子还有什么心程练刀呢！"三天以后，一定是八月初一？"

"一定！"

跑不了了！两个朋友都默默无言，等着大难临头。天赐所有的想象都在活动着：书也许是个小鬼，老师至少是个怪物，专吃小孩，越想越怕，而怕得渺茫；到底不准知道为什么，为什么给小孩请个怪物来呢？为什么必得念书呢？

"就不许咱们玩吗，连好好地玩也不许吗？！"天赐的小心儿炸开了。他直觉地知道玩耍是他的权利，为什么剥夺了去呢？为什么？

四虎子受了激刺，他想起自己的幼年来，“你还比我强得多呢！你七岁？我由六岁就没玩过，捡煤核，拾烂纸，一天帮助妈妈做苦工，没有玩的时候。八岁，妈妈死了。”他愣了会儿，“八岁，我夏天去卖冰核，冬天卖半空的落花生。九岁就去学徒，小刀子铺，一天到晚拉风箱；后来又去卖冰核，我打小刀子铺跑出来，受不了风箱的烟和热气——连脚上全是顶着白脓的痱子，成片！还挨打呢！十二岁我上这儿当碎催[①]，直到如今！你强多了！别怕，下学之后，我和你玩；不说瞎话！咱哥俩永远是好朋友，是不是？”

天赐得到一点安慰。可是一进里院，这点安慰又难存在了。

“看你还用砖头溜我的窗户不？！”纪妈看天赐到了上学的年龄，怎能不想起自己的小孩；想起自己的小孩还能对天赐有好气？“一天到晚圈着你，叫老师管着，该！看你还淘气，拿大板子打，我才有工夫去劝呢！”

“用你劝？先打你一顿！”虽然这样嘴皮子强，天赐的心中可是直冒凉气。

妈妈还不住地训话呢。越躲着她越偏遇上她，一遇上就是一顿：“福官，你这可快做学生了，听见没有？事事都有个规矩。老师可不同妈妈这么好说话，不对就打，背不上书来就打。提防着！好好地念，长大成人去做官，增光耀祖，听见没有？”

① 碎催：跑腿；跟班。

天赐不敢不听着，低着头，卷着鼻子，心里只想哭，可又不敢，双手来回地拧，把手指拧得发了白。

爸是最后的希望。纪妈无足轻重。妈妈的话永远是后话：什么长大了做官，什么她死后怎样。四虎子的是知心话，但是他没去请老师，当然他不晓得老师到底怎么样。得去问爸，爸知道。

“爸！爸！”

“怎着，小子？请坐吧！”爸就是爱听“爸”字，喜欢得不知说什么好。

“老师几儿来？”

“八月初一。”

真的！

“老师爱打人呀？”天赐的心要跳出来。

“我不知道。”牛老者说的是实话。据他看，老祥盛的管账先生怪和气的，不像打人的样儿；可是太太设若一张劲托付，“老山东儿”也未必不施展本事。这个高身量大眼睛的先生，要是打人，还管保不轻。他只顾了讲束脩送花红，始终没想到这个打人的问题。他觉着有点对不起天赐。他不愿意儿子挨打，可又没法反抗太太的管教孩子。他的坏处就是没有主张。“咱们得商量商量。”他道歉似的说。

天赐看出来机会，学着纪妈着急时的口气，“老师要打我，我就死去！”

“可别死去！”老头儿揪着黄胡子想主意，“这么着吧，我先对老师说一声，别打人！他要是打你，我就扣他的工钱！”

天赐心里舒服了点，“老师也拿工钱哪，我也先扣他点！”

牛老者又觉得有点对不起王宝斋。左右一为难，想出条好办法来：马马虎虎就是了。妈妈是条条有理，不许别人说话；爸是马马虎虎，凡事抹稀泥。天赐就是在一块铁与一块豆腐之间活了七岁。

八月初一到了！天赐怕也不是，不怕也不是，一会儿以为老师是怪物，一会儿想起扣老师的工钱。

小马褂又穿上了，等着拜老师，天赐像闪后等着雷似的，脸上红一阵白一阵。

老师来了！四虎子报告的时候，声音都有点岔批儿。

天赐不敢看，又愿意看，低着头用眼角儿扫：原来老师是个人，高大，一眼看不到边！

老师似乎没大注意天赐，只对爸妈一答一和地说话儿，声音响亮，屋里似乎嗡嗡地响，天赐只听见了声音，可是听不明白大家是说什么；他觉着非常的慌乱，好像一切熟识的东西都忽然变了样，看着果盘上的鲜红苹果都不动心了。

牛老太太要考考老师，问先念什么书？老师主张念《三字经》，并且声明《三字经》和《四书》凑到一块就是《五经》。

牛老者以为《五经》太深了些，而太太则以为不然，“越深越好哇！不往深里追，怎能做官呢！”

这些，对天赐都没意义；下面的几句，他听明白了，“王老师，”妈妈的声调很委婉，“追他的书是正经，管教他更要紧。自管打他，不打成不了材料！”

“嫩皮嫩骨的！”牛老者低声地说。太太可是没听见。

天赐的心反倒落下去了，跑是跑不了，等着挨打吧，“他妈的！”正在这么个工夫，忽听老师说：“先拜圣人吧！”

天赐又吓了一跳，四外找，并不见什么圣人或生人。

牛老太太早就预备好了圣人牌，在条案上供着。牌前香炉蜡签，还有五盘鲜果。牛老者点着高香，插在炉内。牛老太太扯着小马褂，按在垫子上，“给圣人磕头，磕九个，心里祝念着点，保佑你记性好，心里灵通！”

天赐看着香光烟雾，心中微跳，明知案上是个木板，可是由不得不恭而敬之，这块木板与普通的木板大有不同，这是圣人！

拜完了圣人该拜老师，王宝斋一劲儿谦恭，可是老太太非请他坐着受礼不可，“师父，师父！老师和父亲一边儿大！”王宝斋没的可说，五鸡子六兽地受了礼，头上出了汗。天赐莫名其妙，哭也不好，笑也不好，直大口地咽气。

拜完师，参观书房。天赐没顾得看别的，只找有板子没有。桌上放着呢！二寸宽，烟袋那么长。王老师拿起来，抡了抡，“真可手，我的伙计！”天赐以为这就开张，嘴唇都吓白了，直往爸身后躲。“老师说着玩呢，说着玩呢！”牛老者连连解说。天赐看老师把板子放下了，又假装地笑了，笑得像个屈死鬼似的。

妈妈去监督纪妈做饭；菜是外边叫来的，四盘四碗四碟，该蒸的蒸，该热的热。纪妈急得直出汗，因为蒸完热完，再也摆弄不像原来那么好看；老太太得自己下手。

牛老者陪着老师在书房说话，天赐穿着小马褂在一旁侍立，来回地换腿，像个要睡的鸡。他们的谈话内容，他不十分懂，可是很耳熟，正像往常爸和客人谈的一样：铺子，行市，牙税，办货，三成利，看高，撒手……这些耳熟而不易明白的字在他们的话中夹杂着：这也许就是书？他想。

王宝斋很能讲话，似乎和爸说得很投缘。王老师本来也是要露一手：他想把牛老者说动了心，拿点钱叫他去开买卖；教书，他满没放在心里。闲着也是闲着，先有个吃饭的地方，慢慢地再讲。

酒饭上来，四虎子一边端菜，一边向天赐善意地吐舌头；天赐可忍不住了，哭出了声。

“别哭哇，小子！陪着老师吃饭呵！”牛老者安慰着儿子。

“不吃！不陪！操姥姥！”

“四虎子！带他玩会儿去！”

拉着四虎子的手，天赐把所有的委屈都翻上来，一边抽气一边叨唠，眼泪往小马褂紧滴，滴得带响。

“得，得了！太太可就上前院来，叫她听见又不答应！”四虎子劝着，“擦擦眼泪！啊，对了！那天咱们不是说，黄天霸打镖——打谁来着？”

天赐想起黄天霸来，心气壮起了点。四虎子跟他玩了会儿，说："我还得端菜去呢。"天赐也没强留他，只嘱咐："要是有丸子呀，给咱哥俩拿两个来。"四虎子给私运来一个馒头，两个丸子，天赐拿丸子当镖往嘴里打，吃得分外的香甜。

第二天开始上书，天赐无论如何也记不住："人之初，性本善。"王老师瞪着大眼睛把嘴唇都说木了，徒弟还是记不住。他本来没有耐性，不过为讨牛老者的好，真不肯和天赐闹起来。他看着天赐怪可怜，本想和他瞎扯一回，又怕牛太太听见。他没想到教书会这么难！没办法，只好死教：人之初，人之初，人之初……说到不知是五百遍还是五百五十遍，他说走了嘴：人之初，狗咬猪！

"老师！我记住了，狗咬猪！"天赐心里非常的痛快，"我告诉四虎子去吧！人之初，狗咬猪，人一出来，一瞧，喝，狗咬着一个大母猪！"

王老师不敢高声地笑，憋得反倒要哭。他不能叫天赐出去，"人之初，性本善，会说不会？"

"性——善是怎回事？"天赐大着胆问。

把老师问住了，"这是书，你得记着；不用问！"

天赐不问了，可是把"狗咬猪"记得死死的，怎么也改不过口来。王老师出了汗，这要叫老太太听见，像什么话呢？！

"先写字吧！"老师想出个主意来。天赐也觉得写字比念书有兴趣：笔，墨，红模子，多少有些可抓弄的，老师先教给拿笔，天赐卖了很大的力量，到底是整把儿攥合适。王老师也不管了：反正这不是个长事，给他个混吧，爱怎写怎写。天赐大把儿握笔，把墨都弄到笔上，笔肚像吃饱了的蜘蛛。然后，歪着头，用着力量，按着红道儿描；一顿一个大黑球，一顿又一个大黑球。描了几个字，墨已用干，于是把笔尖放在嘴里润一润，随着用手背抹了一下，嘴两边全长了胡子。又描了两个，墨色不那么黑了，有点不高兴，于是翻过纸来改为画小人，倒还有点意思。不喜欢谁就画谁，所以画妈妈。画了个很大的头，两个顶小顶小的脚。一边画一边想着："抱着小脚哭一场！"

王老师始终没管他，看着天花板盘算：牛大哥要能拿三千：倒天利的铺底，就说二千；上千十来块钱的货；收拾收拾门面；不够也差不离；小铺子不坏！书教不了，一天两天的，跟孩子捣乱还可以；整本大套的可干不来！看了天赐一眼，画小人呢！随他的便，爱画就画吧，自要不出声老实着就好。要是倒的话，得趁着八月节前；等钱用，可以贱点。节前倒过来，收拾收拾，报铺捐，等着批，九月初横是能开张了，正好上冬天的货。嗯，得给刘老九写封信，问问毛线的行市。他拿起管笔来，往砚台上倒了点水，把笔连连地抹，抹得砚上直起泡儿。然后，铺好了纸，拉了拉袖子。又在砚上抹笔，连抹带摔，很有声势。左手按住了纸，嗽了一口；笔在拇指与中指之间转了几圈。下笔很重，中间细，收笔又重；一收笔，赶紧又在砚上抹；又写，字大而连贯，像一串儿小螃蟹。天赐看入了神。老师写字多么快呢！他不画小人了，也照老师的样儿写字，很快，比老师还快。老师写完一段，低声地念一遍；天赐画了一串黑东西，也哔里哔里地念着。这还有点意思。

一直到八月节[①]，天赐并没学出什么来，可是和王老师的感情不坏。人之初还是狗咬猪，又学会好些山东话，什么桌子腿儿（带嘟噜的），银儿，他说得满漂亮。对于王老师的举动，如好拉袖子，用大块手巾擦脑门，咳嗽时瞪眼睛等，他也都学会。写字还是一疙瘩一块，画小人可有些进步：满脸只有个嘴的是纪妈，只有眼睛的是王老师。可是一高兴也许把嘴画得很小，比如纪妈责备了他之后，他便把她的嘴画成一个黑豆似的，"看你怎吃饭！"

八月节是头一次该送节礼，虽然才教了半个月，但这是个面子。牛太太不送！书才念了两页，净画小人儿，也不打学生，节礼不能送！王老师愿意干的话得另打主意。

"可是福官跟他很好。"牛老者给说情。

"不能由着孩子！"

---

① 八月节：即中秋节。

十一　没有面子

没送节礼，王老师也没什么表示。这叫牛老太太很悲观：有些人是非指着脸子说不可，不懂什么暗示与斗心眼！她得明告诉老师：这个教法不行！她实在不愿这么办，可又无法。

王老师根本就没记着节礼这回事，他急的是牛老者的慢腾腾的劲儿。牛老者对他开铺子的计划完全赞同，也答应下给他出资本，可就是没准日子。他得耐心地等着，求人拿钱不能是件痛快事。他暂且和天赐敷衍吧，多咱钱到手多咱搬铺盖；着急，可是很坚决。牛老太太说什么，他和颜悦色地答应："对！得打！对！得多念！你老放心，牛太太，没错儿！"他知道他不能打天赐，他下不去手。他也知道这简直是个骗局，想起来就脸红，可是无法。钱是不易周转的，不能轻易撒手牛老者。

一直对付到年底，他和天赐成了很好的朋友。《三字经》走得很慢，可是天赐得到好多知识。王老师告诉了他许多事儿：山东有济南府，当锏卖马的秦琼秦二爷家住这里，还有贾家楼，群雄结拜。由这儿就扯到了《隋唐演义》，王老师出去买了一部石印的，以备参考。天赐最佩服李元霸，锤震四平山。此外，老师还说山东有泰山，有青岛，有烟台……都使天赐的想象充分活动开。山，海，烟台苹果……原来世界并不是四合房的院子，院里有两株海棠树！“烟台有多少苹果？”

“开花的时候，一二十里，一眼望不到边，就像地上堆起一夏天的白云！”

“！！！”天赐说不出话来了，他恨不能立刻飞到烟台，看看那一眼望不到边的苹果花。他并不想吃，是要看看那么些花！“比由门口到老黑的铺子还长？”

“长得多！都是花；到了七月，看那些果子吧，青的，半红的，像条花地毯似的，远看着。”

“多么好看！”

“还多么香呢！”

“怎么上山东呢？”

“坐火车。打这里呀，三等票，六块多钱，到济南府。离济南有二百里地就是泰山，泰山上，夏天还得穿棉袍子，凉快极了！”

“火车是怎回事？”天赐聚精会神地问。

可惜王老师的科学知识太不高明，他说不上来火车到底是怎回事。他只会形容：“一串小铁屋子，屋子里有座儿；哞一响，小铁屋子全你拉我，我拉你，一直跑下去。”

形容也好，反正比《三字经》有意思。

这半年就这么下去了，天赐没有学到什么，可是心中觉得宽了，他常想起那一眼望不到边、又美又香的苹果；还有那高入了云的泰山，和小屋子会跑的火车，还有锤震四平山……对于人情，他也领略了一些。他觉到王老师的可爱。老师已经给他买过两本《三字经》了。他沾上唾沫掀书，一掀把书角掀毛了，再掀，落下一块来。掀着掀着，书掉下好些去。老师给买来一本新的！天赐不过意了，“这臭书，一掀就撕！”他实在是责备着自己。

“你要轻轻地一划，把书页的尖儿划起来，看，这么着，就撕不了了。”

果然，那样是轻俏而且有意思，第三本《三字经》的字一个也没弄残。偶尔要发疯而狂翻书页的时候，他会管束住自己，这本新书是老师给的，“老师，我把那本旧的快翻一回吧？看我能掀得多么快！”于是废物利用，那两本旧的专为过瘾用，呲呲地掀得非常的快，也很满意。

那块竹板还在，可是他已不再怕它，有时候反倒问老师：“老师，你怎老不用板子呢？”

“手心痒痒啊？”老师笑了，“不爱打人，我家里也有小孩！”老师不笑了，“三的跟你一边儿大。你几月生日？”

“过了八月节；那回不是老师放我一天学？”

“对了；三的是四月的，比你大。”

“他在哪儿呢？”

“在家里呢。”老师愣了半天才说，“做买卖真不容易呀！”

天赐不大明白这是什么意思，可是看得出老师有点不大欢喜，他不往下问了；赶紧磨墨写字，磨得天上地下全是墨。连耳朵后边都有一对黑点。

到了年底，王老师的地位再也维持不住了。牛老太太没说别的，“二十三祭灶，老师就请吧！”这也就很够了。二十二晚上，他和牛老者见了一面，牛老者背着太太借给他一千块钱。他没叫天赐知道，便搬了铺盖。临走他给了四虎子一块钱，“你花两三毛钱给天赐买个玩意儿，剩下是你的；告诉你，伙计，天赐有聪明！”

知道王老师已经走了，天赐自言自语地在书房里转磨了半天。除了家里的人，王老师是他第一个朋友。这个朋友走了！他不爱念那臭书，他愿听王老师说山东，青岛，和烟台苹果。那些事他都记得真真的；可是王老师走了，他只能自己装作王老师，瞪着大眼睛，似笑不笑地，拉拉袖子，告诉天赐：“天赐，一眼望不到边，全是苹果！”天赐装得很像，可是往老师的椅子上一看，没了，什么也没有；仿佛在哪儿有点王老师的笑声和“银儿”，只是找不到！“你爱什么不是，偏不给你；你爱谁不是，偏走了！”他自言自语地说。

过了年，来了位新老师，也是老山东儿——四虎子管他叫作“倒霉的山东儿”。这位先生是真正教书的，已经在云城教过二十多年书，大家争都争不到手。云城人不知道米老师的简直很少。米老师的个子比王老师还高，大肚子，脑袋除了肉就是油，身上老有股气味。把他放在哪里，他也能活着；把什么样的孩子交给他，他也会给打闷过去。他没有老婆，似乎天生地不爱女人，专会打孩子。

天赐听说新老师来到，他不像初上学那样害怕了。由王老师的友爱，他断定新老师也必是个朋友。他没有小朋友和他玩，只能希望在成人中找点恩爱。他很高兴地上学。可是一见了米老师，他的心凉了。米老师坐在那儿，压得椅子直响，一脸的浮油，出入气儿的声音很大，嘴一嚼一嚼地嘎唧着，真像个刚出水的鳄鱼。

“拿书来！”米老师的嘴裂开，又嘎唧了几下。

天赐颤着把书递过去。

“念到哪儿了？”

天赐翻了两页，用小指头指了指。

“背！”老师的嘴嘎唧上没完了，好像专等咬谁似的。

天赐背了几行，打了磕巴。

老师的大手把书一扫，扫到地上，“拿去念！再背不上来，十板子，听见没有？”说完，嘴嘎唧着，眼闭上，一动也不动，就那么一篓油似的坐着。

按照妈妈的规矩，天赐不能去拾那本《三字经》，这是种污辱；按着爸的办法，满可以扯着长脸去拾起来。天赐不知怎样好。可是他的确知道，他讨厌这个老师，这个老师不是朋友。看老师的眼是闭着，他想溜出去，找四虎子商议商议。他刚一挪脚，老师的眼睛开了，“上哪儿？！”天赐本能地想跑。他已经糊涂了，只想躲开这个老东西。还没跑出两步，他的细胳臂被只胖手握住，往回一甩，他几乎摔倒。“念去！”老师的嘴嘎唧得很快，眼角露出点笑意。天赐决定反抗。他知道这个东西一定比妈妈厉害，但是不能再思索，他有时候不近情理地反抗妈妈，因为妈妈好管事，对这个上手就摔人的东西，他更不能够受。马上决定了，他走，看这个老东西怎样！他本想多一个朋友，谁知道世上有这样的老东西呢？他得反抗，这不是他的过错。他的嘴唇咬上了，翻着小眼珠看了看那堆肉。他慢慢地往前走；跑是没用的，他的腿不跟劲。老师以为他是来拾书，眼角的笑意更大了些。嗯，他还前走！老师的胖腿横在门上。天赐用手去推，用胸口碰，纹丝不动。老师笑得非常得意，这是一种猫对老鼠的戏弄，使他心里舒服。天赐更讨厌他了，下口去咬。老师的笑脸当时变了，一手揪住天赐的领子，一手抄起板子来。天赐较上了劲，他一声不出，可是眼泪直落。

“来！把手伸出来！”

天赐咬着唇，耗了半天，“你敢！”这一声喊得非常的高，本想不哭出声来，可是没法不哭了。

牛老者在家呢，听见喊声跑了过来。

“米老师，孩子还小呢！”牛老者拉住了天赐。

四虎子也赶到了，把天赐抱了走。

牛太太也赶来，她责备牛老者不该这样护着孩子，牛老者看天赐那个样，决定和太太抵抗。这回他不能再听太太的话，他不能花钱雇个山东儿专来打孩子。他的态度不但使太太惊异，也使米老师动了气，“不干就是了！不打，能教出本事？教了二十多年的学，没受过这个！”

牛太太不能舍弃这样负责的先生，可是老头儿今天似乎吃了横人肉，他一句不饶。正在这么个当儿，四虎子和纪妈都在院里，由四虎子发言，拥护天赐，“看谁敢打？不揍折他的腿！”

在历史上，牛太太没经验过这样的革命。她虽尽力保持她的尊严，可是没法拦住大家的嘴。最没办法的是牛老者这次首先发难，她不能当着老师的面打丈夫几个嘴巴，不能。既然治不住丈夫，四虎子等自然就横行起来。连纪妈也向着天赐？这使她想起老刘妈来。纪妈并非一定向着天赐，不过看孩子受气便想起自己的孩子，而觉得孩子是该在活着时疼爱的，等孩子死了再疼就晚点了。牛老太太不便当着老师和男人们吵嘴，她找了纪妈去，“有你什么事？鸡一嘴，鸭一嘴的！做你的事去！”把纪妈喝到后院去，她自己也回了北屋。跟头是栽了，可是不能失了官仪；在北屋等着牛老东西。牛老者也很坚决，坐在书房里不动。米老师有经验，先生和东家不和是常有的事，可是以先生的地位而镇静着，东家也不会马上就把先生赶出去。他还一篓油似的安坐在那里，等着东家给道歉。牛老者没有道歉的意思，吸着“哈德门”

一劲儿说:“要走就走！要走就走！打我的儿子，不行！”四虎子和天赐还在院里听着，四虎子直念叨:“咱们给他一镖！”米老师把二论典故、字汇等收拾起来，“好了，牛先生，咱们再见！看好了你的孩子，死了可别怨我！”牛老者的嘴笨，登时还不出话来。四虎子接了过去，“走吧，小心着点你的肚子，洒了油可别怨我！”

米老师走后，太太和老爷开了火。牛老者一声也没出，只在心中玩味着胜利的余威。太太声明不再管请先生了，“爱念书不念，爱怎闹怎闹！不管了，管不着！孩子大了没出息，别怨我，我算尽到了心。”

对于天赐，她拿出最客气的严厉:他叫妈便答应着；不叫，她连看也不看，眼睛会由他身上闪过去。她表示不再管他。这是件极难堪的事，但是没法不这样，她的善意没人领略，何必再操心呢?

牛老头儿心里也不好受，他真爱天赐，可是因为儿子而长期抵抗太太也不是办法。为平太太的气，他不大带天赐出去玩。于是天赐便成了四虎子的孩子。半年的工夫，没人再提请先生，他把那点《三字经》忘得一干二净，可是没忘了烟台苹果和米老师的嘎唧嘴。

十二　教育专家

天真是儿童的利器，希望是妈妈的“自己药片”。天赐的天真与妈妈的希望，渐次把家庭间的不和医治好了。妈妈到底还得关心孩子；撒手不管只能想到，事实上是做不到的。天赐还得上学；为闹脾气而耽误了孩子的书是种罪过。牛老太太厉害，可还不这么糊涂。

这次，决定去入学校，据调查的结果，云城最好的小学是师范附小。在这儿读书的小孩都是家里过得去的，没有牛太太所谓的野孩子，学费花用都比别处高。

天赐又穿上了小马褂。有爸送他去，他一点也没害怕，以为这不过是玩玩去。到了学校，爸把他交给了一位先生；看着爸往外走，他有点心慌，他没离开过大人。在家里，一切都有妈管着，现在剩了他自己，他不知怎么才好。也不敢哭，怕人家笑话——妈妈的种种“怕”老在他心里。及至看见那么多的小孩，他更慌了。他没想到过，一个地方能有这么多的孩子，这使他发怵。他不晓得怎样和他们亲近。诚然，他和老黑的孩子们在一块儿玩耍过，可是这里的孩子们不是那样。那些大点的差不多都穿着雪白的制服，有的是童子军，都恶意地笑他呢——小马褂！那些年纪小点的也都看着很精明，有的滚着铁环，有的拍着小球，神气都十足，说的话他也不大懂。这些孩子不像老黑家里的那么好玩，他们彼此也不甚和气，“给你告诉老师去！”“我要不给你告诉去才怪呢！”老在他们的嘴上。他们似乎都不会笑，而是挤着眼叽咕。那些大的有时候随便揪住两个小的碰一头，或是捏一下鼻子，而后叽咕着走去，小的等大的走远才喊：“给你告诉去！”小的呢，彼此也掏坏，有的用手指挖人家脚脖子一下，假如那位的袜子有个破口；有的把人家的帽子打在地上，“赔你一个，行不行？爸爸有的是钱！”而后童子军过来维持秩序，拉过一个来给个坡脚；被踢的嘟囔着：“还是他妈的童子军呢！”童子军持棍赶上来，“哎，口出恶言，给你回老师去！”他们吹哨，他们用脚尖跑，他们叽咕……天赐看着，觉得非常的孤寂。他想回家。那些新入学的，都和他差不多，一个个傻子似的，穿着新衣，怪委屈的。他们看着大孩子们买面包、瓦片[①]、麻花等吃，他们袋里也都有铜子，可是不敢去买。一个八棱脑袋的孩子——

① 瓦片：一种芝麻薄饼。

已经念了三年书，可是今年还和新生们同级——过来招呼他们，愿意带他们买点心去，他们谁也不去，彼此看着，眼里含着点泪。

摇铃了，大孩子都跑去站队，天赐们愣着。有个很小的，看人家跑他也跑，裹在人群里，摔了一跤，哭成人阵。八棱脑袋的又来了，他是学识不足而经验有余，赶着他们去排班。先生也到了，告诉他们怎排，大家无论如何听不明白。先生是个三十来岁的矮子，扁脸，黑牙，一口山西话。他是很有名的教员，作过两本教育的书。除了对于新学生没有办法，他差不多是个完全的小学教师。天赐不喜欢他的扁脸。排了好大半天，始终没排好，他想了会儿，自己点了点头。他一个个地过去拉，拉到了地方就是一个脖儿拐，“你在这儿涨着！”大家伙并不明白“涨着”的意思，可是脖儿拐起了作用，谁也不再动了。先生觉得这个办法比他的教育理论高多了，于是脖儿拐越打越响，而队伍排得很齐。再排一回，再排一回；有个小秃尿了裤子。天赐也憋着一泡，怕尿了裤子，于是排着队，撩着衣襟，尿开了。别人一看，也搂衣裳，先生见大事不好，整好队伍先上了厕所。先生的教育理论里并没有这一招儿，他专顾了讲堂里边的事，忘了学生也会排泄。

上了讲堂，天赐的身量不算矮，坐在中间。他觉得这小桌小椅很好玩，可是坐着太不舒服。先生告诉大家要坐正，大家听不明白，先生又没了办法，还得打脖儿拐。“绳子坐正！”啪！“绳子坐正！”啪！然后他上了讲台，往下一看，确是正了，他觉得有改正教育原理的必要。他开始训话，“买第一册国翁，公明，算数；听明白了没有？一仍作一绳白制服，不准疮小马褂；听明白了没有？”他把“没有”说得非常的慢，眼珠还随着往一边斜，他觉得这非常像母亲的说话法，小孩子听了必定往心里去。“明白了没——有——”大家发愣。

磨烦到十点半钟，天赐一共挨了五六个脖儿拐，他觉得上学校也没什么意思。他也不敢反抗，因为别人都很老实地受着，这当然不是一个人的事，他不敢有什么表示。况且八棱脑袋的还告诉他：“今个都好，就是脖儿拐没有去年的响！”天赐的想象又活动开：山响的脖儿拐大概也很有意思。看见爸来接他，他觉得上学更有意思了：看见的事太多了，简直报告不过来。本来在家里只能跟四虎子瞎扯，而所扯的全是四虎子的经验。现在他自己有了经验，这使他觉到自己的尊严，连挨脖儿拐都算在内。

“爸，人家都买面包吃，晌午我也买吧？爸，有一小孩尿了裤子，我没有。爸，别穿小马褂了，人家都穿白的——白的——爸，有一小孩把人家的帽子打在地上。爸，老师说话，我不懂，八棱脑袋的也不是懂不懂；横是他懂，噢！爸，还排队，啪，打我脑瓢一下，我也没哭。爸……”

爸有点跟不上趟了，只一个劲地“好！”“那就好！”拉着天赐，天赐不住地说，眼看着爸的脸，不觉地就到了家。

顾不得吃饭，先给四虎子说了一遍。然后给妈妈也照样说了一回。妈妈说都好，就是不穿小马褂没道理。

刚吃完饭，就张罗上学。他准知道学校里有许多可怕的人与事与脖儿拐，可是也有一些吸力，叫他怕而又愿去，他必得去看那些新事和他的小桌小椅。他必须亲手去买个面包吃！在家里永不会有这些事。

上过一个礼拜的课，天赐的财产很有可观了：白制服，洋袜子，黄书包，石板，石笔，毛笔，铅笔，小铜墨盒，五色的手工纸，橡皮……都是在学校贩卖部买的，价钱都比外边高着一倍，而且差不多都是东洋货。牛老者对于东洋货没有什么可反对的，他抱怨这个价钱。并不是他稀罕这点钱，他以为学校里不应当做买卖；学校把买卖都做了，商人吃什么？牛老太太另有种见解：学校要是不赚钱，先生们都吃什么呢？孩子为念书而多花几个钱是该当的，这是官派。天赐不管大人的意见怎样，他很喜欢自己有这么些东西。最得意的是每天自己亲自拿铜子买点心吃，爱吃什么就买什么，差不多和妈妈有同样的威权。

在同学里，他不大得人心。在家里他一人玩惯了，跟这群孩子在一块，有的时候他不知怎样才好，有的时候他只看自己的玩法好，别人都不对。有时候他没一点主意，有时候他的主意很多。他没主意的时候，人家管他叫“饭桶”；他有主意的时候，人家不肯服从他。所以常常玩着玩着，人家就说了：“没天赐玩了！”他拿出反抗妈妈的劲儿，“我还不愿意玩呢！”于是他拧着手，呆呆地看着人家玩耍，越看越可气；或是找个清静没人的地方，自己用手工纸乱折一回，嘴里叨唠着。还有个大家看不起他的原因，他的腿慢。连正式做游戏的时候，先生也循着大家的请求，“我们这队不要天赐，他跑不动！”两队分好，竞赛传球或是递旗，天赐在一旁待着。有时候他不答应，“我能跑！我能跑！”结果，他努力太过而自己绊倒。慢慢地他承认了自己的软弱。看着大家——连先生！——给得胜的英雄们鼓掌，他的薄嘴唇咬得很紧。他不能回家对四虎子说这个，四虎子老以为他是英雄，敢情在学校里不能和人家一块儿游戏！他只能心里闷着，一个人在墙根立着，听着大家嚷闹，没他的事。他得学爸爸的办法，“也好吧，他妈的！”自然他会用想象自慰，而且附带着反抗看不起他的人，“你等着，有一天我会生出一对翅膀，满天去飞，你们谁也不会！”可是在翅膀生出以前，他被人轻视。有的时候，人家故意利用他的弱点戏弄他，如抢走他的帽子或书包，“瞎！你追来呀，追上我就给你！”他心里的腿使劲，可是身子不动，“不要了，再买一个！”人家把他的东西放在地上，他得去拾起。因此，他慢慢地有点爱妈妈了。妈妈的专制是要讲一篇道理的，这群小孩是强暴而完全不讲理。气得他有时非和妈妈讲论一番不可，“可以把人家的帽子抢走，扔在地上吗？妈？”妈妈自然是不赞同，“坏孩子才那样呢！”他心中痛快了一些，逐渐地他学着妈妈的办法判断别人，“这小子，没规矩！”到他自己做了错事，他才马马虎虎。因此，他的嘴很强，越叨唠话越层出不穷。他能把故事讲得很好。

因为讲故事，他得到几个朋友——都是不好动的孩子，有的是身上有病，有的是吃多了动不得。他们爱和他玩，听他瞎扯。

他因为孤寂惯了，很会无中生有地找些安慰，所以他会把一个故事拆成俩，或两个拼成一个，他们听得很高兴。在这种时节，他恢复了他的尊严，能命令着他们，调动他们，“你别说话！”“你坐在这儿！”“咱们先点果子名玩，然后我说黄天霸。”大家只好点果子名玩，要不然他不给说故事。他觉得他有点像妈妈了，大家都得听他的。

先生也不很喜欢他，因为他自己的主意太多。爱听的，他便极留心听，他能回讲得极好，如司马光击瓮救小孩，如文彦博灌水取球，如两个青蛙对话。他不爱听的，完全马马虎虎，问他什么他不知道什么。先生教算数，他在石板上画小人；他不爱算数。先生不爱这路孩子，先生愿意学生老爱听他讲，不论讲什么。先生不愿意孩子们大声地笑，除非在操场上。天赐既不能参加游戏，人家越笑他越委屈，所以他有时候在讲堂上笑起来，比如他忽然想起一件可笑的事。他一笑，招得大家叽咕起来——在教室里至多只能叽咕，老师就永远不大笑而叽咕——于是秩序大乱，而天赐被罚，面壁十分钟。他越来越讨厌老师的扁脸，而老师也似乎越来越不爱他的扁脑袋。老师要是有意和孩子过不去还是真气得慌，有时候他被天赐气得吃不下去饭。可是天赐不是有心气老师，他以为老师应当多说些故事，少上点算数，而且脸别那么扁。这孩子对什么都有个主张；你越不顺着他，他就越坚决。只有罚站的时候，他没了主张。大家都坐着，只有他独自向壁，这不大好受。在这个工夫，他马马虎虎了，拉倒吧，就站站会儿去，向墙角吐吐舌头。

这种学校生活叫他越来越“皮”。他得不到别人的善遇，于是他对人也不甚讲交情。他会扯谎，他会在相当的时机报仇，他会马马虎虎假装喊着国文，而心里想着别的事。他也学会了叽咕，用舌头顶住腮，用眼睛笑。

只有和四虎子在一块，他还很真诚，把国文上的故事说给四虎子听，说得有声有色，而且附带着表演，“你等等，我给你比方比方。”把击瓮救小孩的故事说到半截，他跑了。一会儿又回来了，袋里装着一块小砖，手里拿着个玻璃杯，杯里满盛着水。把一个粉笔头放在水内，“这是小孩，扑通，掉在水里，喊哪，救人哪——喝，我听见了，我就是司马光。来了，不要紧；看着！”掏出砖头，啪！杯碎了，把粉笔头救了出来，“明白了没有？”

“玻璃杯可是碎了呢？”四虎子说。

“哟！”

商议了半天，还是得跟爸要钱赔上一个杯子。

“可是比方得真好！”四虎子诚心地欣赏这个表演，“这件事也体面！”

“哼！老师不叫我细说！我一说‘扑通’，他就问，书上哪有扑通？臭老师！”天赐出了口恶气。

十三　领文凭去

到了三年级，天赐上学的火劲不那么旺了。上也好，不上也好，他学会了告假。有点头疼，或下点雨，算了，不去了。在家一天也另有种滋味。

所以使他松懈的原因是学校里的一切都没有准稿子，今天这样，明天那样，他的心力没法集中，所以越来越马虎。这个学校是试验的，什么都是试验。以主任说，一年就不定换上几个，每一个主任到职任事总有个新办法，昨天先生说上课时要排好，今天新主任来了说上课要赶快跑进去。这个主任注重手工，那个主任注重音乐，还有位主任对大家训话说，什么都是那回事，瞎混吧。有时候试行复式制，两三班在一块，谁也不知干什么好。有时候试验分组法，按着天资分组，可是刚分好组又不算了。主任的政策不同，先生们的教法也不一样。一年换一位先生是照例的事，而一年换三四位先生也常有。一位先生一个脾气，一个办法，有的说书包得挂在身旁，有的叫把它背在身后。天赐有一回把书包顶在头上也并没有人管。书也常换，念书的调子也常改。都是试验。先生与学生的感情也不一样，这位先生爱这几个小孩，过了两天，那位先生爱那几个小孩，好坏并没有什么标准。先生的本领也不一样，而一样地发威，有的先生天生的哑嗓而教音乐，他唱得比压着脖子的虾蟆还难听，可是不准学生笑。有的肥得像猪而教游戏，还嫌学生跑得不快，他自己可始终不动。有的一脖子黑泥给学生讲清洁，有的一天发困给学生讲业精于勤。

天赐不知道怎样才好，于是只好马马虎虎。每逢到了暑假前就更热闹了，一大批师范生来实习，一点钟换一位先生。大家哪里还顾得念书，专等给先生们起外号了。实习生有的由老远就瞪着眼来了，到了讲台上，没等学生坐好，就高声喊起来，连教育原理带心理学全给学生说了，直说一点钟。有的一上台就哆嗦，好像吃了烟袋油子的壁虎，一句一个“鄙人”。大家不敢笑，级任先生在一旁看着呢。等大家实习完了，学生也明白先生们才二五眼[①] 呢。

还有呢，哪位先生都要学生尊敬，可是先生们自己彼此对骂：张先生在课室上告诉学生，李先生缺德；李先生说张先生苟事。等到先生们有运动做主任的时候，那就特别的热闹：学生们

① 二五眼：不着调。

得照着先生编好的标语写在纸条上，学生得回家告诉家长拥护王先生或是赵先生。一年说不定有这么几回，每回学生都无须上课一两个星期。学生们也不晓得到底谁好谁坏。一切都在忙乱复杂中，谁也摸不清是怎回事。只有一件事是固定的，就是学生用费越来越高，而学生也越来越多。“费”的名目很多：园艺费，游戏费，旅行费，演讲会费，手工费……费越高学生越多。云城是个买卖城，赚几个钱的商人都想把儿子造就起来，由商而官以便增光耀祖；花钱多的学校必是好学校，所以都争着上这里来。学校呢，得表现成绩以增高信用。除了先生们捣乱，就是开会，开会就又收费。运动会，恳亲会，游艺会，毕业会，展览会，每年必照例地举行。他们的会确是比别处的好，制服齐，学生脸上有肉，花样离奇。这是学生家里老太太小媳妇来玩一天的好机会，她们非常佩服那些先生，特别是自己的小孩参加一项或两项运动或游艺——那点“费”没白花！小六儿会表演“公鸡打鸣”，二狗子居然用三个指头行礼，当童子军！开会前后，没人再看课程表，画图的一天画图，做手工的一天做手工，一个好手儿给大家画，老师做的也写上学生名字，作文是改好了再抄，谁的字好谁抄。天赐没事。运动没他，他的腿不跟劲。游艺没他，他的脸不体面。他会说故事，可是一到台上他就发慌，他不会像别人那样装腔作势。什么也没他，他只和一些“无业游民”随便打转，或在课室温课，赶到回到家中，他给四虎子表演，很能叫好，可是在学校里他没有地位。他慢慢习惯下来，也就满不在意了。他的鼻子卷着，轻视一切，正像个学油子：凡事不大关心，也不往前抢，他混。

学校里的会不能不开，学校外的不能不去。提倡国货，提倡国术，提倡国医，提倡国语，都得是小学生提倡。他们提灯，他们跑路，他们喊口号，他们打旗，他们不知道是怎回事。天赐不喜欢参加这些个会，因为他的腿受不了。可是他必得去。人家那长得体面的，或手工图画好的，可以不去；老师们对运动会游艺会等的台柱子特别加意保护；学校外的会是天赐们的事，不去就开除的。他不明白为什么他必得去，去挨挤受冷受热和跑腿。他愿意安安静静地说个或听个故事，可是他必得上那人喊马叫的地方去挤，把灯笼挤碎，纸旗刮飞，嗓子喊干，算是完事。这些会比学校里的还难堪：学校开会，他可以逍遥无事，到图书馆中尽兴地看图画故事，叫他的心里丰富。学校外的会，除了跑酸了腿与跑成土猴，别无作用。

在这种忙乱纷扰中，他平日所要反抗的那些妈妈规矩倒变成可爱的了。他自幼就不爱洗脸，可是经过这么长久的训练他不喜欢自己变成土猴。他嫌妈妈禁止他高声说笑，可是在街上呐喊使他更厌恶。他不愿在家里受拘束，在街上的纷乱中叫他爱秩序。家庭的拘束使他寂苦，街市上聚会的叫嚣也使他茫然。他不知怎样好，他只觉得寂寞，还得马马虎虎，只有马马虎虎能对付着过去一天。他不再想刨根问底地追问，该去的就去，提灯就提灯，打旗就打旗，全都无所谓。

对于同学们，他也是这样，爱玩就玩，不玩就拉倒。有欺侮他的，他要找个机会报复；不能报复的，他会想出许多不能实行的报复计划。他们专爱叫他：拐子腿，扁脑勺！他也去细找他们的特点，拿搧风耳、歪鼻子等做抵抗；不易找到的时候，他只好应用，“拐子腿是你爸爸！”他们今天给你一张手工纸，明天就和你讨要，或是昨天托你给保存着一张小画，而今天说你抢人家的东西。他明白了界限，谁的东西是谁的；不要动别人的，也不许别人动自己的。可是把别人的东西弄坏一点，假如没有多大危险，如给帽子上扔把土，或把书摔在地上，是可以做的。大家都以弄脏别人的东西为荣，谁的爸爸更阔，谁便更敢这么做，“赔你！赔你！”是他们最得意的口号。那些大学生更了不得，腕上有手表，脚上穿着皮鞋，胸前挂着水笔，他们非常地轻看教员，而教员也不敢惹他们。天赐没有这些东西，妈妈不准小孩子这样奢侈。他很羡慕他们，再也看不起砖头瓦块什么的，这使四虎子很伤心。四虎子一辈子没有想到手表有什么用处，而天赐常和他抱怨：“人家都阔阔的，手上有表！”

况且那些有表的学生可以随便上先生们屋里去，随便和先生们说笑，而天赐永没有和先生们说过亲密的话，先生也不拉他的手，也不拍他的脑袋。自然他也会不稀罕这些，可是鼻子终归得卷起很高才能保持自己的尊严。

羡妒和轻视是天然的一对儿。他忌恨人家有手表，同时他看不起老黑的孩子们了。他渴望与他们玩玩，可是机会到了，他又不能跟他们在一块了。原先，他爱他们的自由，赤足，与油黑的脊背；现在，他以为他们是野，脏，没意思。他们身上有味，鼻垢抹成蝴蝶，会骂人；而他是附属小学的学生。他不再珍贵他们那些野经验。他知道的事，他们不知道。他们去捉蜻蜓，掏蟋蟀；他会拿钱买蜻蜓与蟋蟀。钱花得多，就买到更大更能咬的蟋蟀。他的同学谁没有几个蟋蟀罐儿，谁稀罕自己捉来的“老米嘴”与“梆儿头”？他不能再和他们在一块儿跑，他穿着雪白制服，他们光着腿，万一被同学看见呢？万一被先生看见呢？他们还捉苍蝇玩呢！先生不是说过，苍蝇能传染病？他们捉到小猫小狗，说不定就给剥了皮；先生不是说，得爱惜动物么？他心里真愿意弄死个小动物，可是他得装出慈善，他是学生！他什么也不真知道，可是他有不少的道理：由先生与同学得来的。这些道理是绝对没错的。由家里带一块点心到学校去吃是“寒蠢”。在学校里买才是真理。看着老黑的孩子们啃老玉米，他硬咽唾沫，也不肯接过来吃，他们不懂卫生！在学校里，比上那些有手表的，他藐小得很，比上老黑的儿女们，他觉出他是了不得的。

到了快毕业，他更觉得不凡。八棱脑袋的，据说，还得留级；别人都可以毕业，得文凭。天赐知道毕业不是什么难事，他准明白：这四年就那么晃晃悠悠地过去了，他并没有什么出奇的地方。可是比起八棱脑袋的来，他觉得到底他是心中有点玩意；八棱脑袋的算数才得了五分！老师说了：八棱脑袋的设若得十分，就也准他毕业，他偏偏弄了个五分。天赐得了四十五分呢！况且国文是七十五分！豆细工，他拾了别人不要的一个，也得了六十分！他一定可以毕业。

连妈妈都尊敬他了，快毕业的学生！他得要一双皮鞋，一管带卡子的铁杆铅笔，一转就出铅，一盒十二色！妈妈都答应了。妈妈得去看毕业会；爸也得去！叫爸穿上绸子大褂。“爸毕过业吗？”他问妈妈。妈妈不能不说实话：“爸没有上过学校。”天赐有点看不起爸了，“爸的国文没得过分数！”他点头咂嘴的，带着小学毕业生——特别是云城的——那种贫样。

他就是不敢惹四虎子。一来因为他俩平日的感情，二来因为四虎子拿着他的短处。

“咱哥俩问你，”他还用着几年前的言语，“上海在哪儿？”

“上海？离天津不远！”

“你不知道，结了，完了！”

“不知道又怎样呢？”四虎子反攻。

“等我拿国文去。”天赐转了弯。

“没人爱看你的臭国文！我问你，下雨的时候，谁把你背回来？说！”

“咱哥俩呀！”天赐折溜子[①]，知道下大雨要没人背着是危险的。

“结了，完了，”四虎子故意地学着敌人的用语，“少跟我耍

---

① 折溜子：遮遮掩掩；不老实交代。

刺儿；不高兴，背着背着一撒手，扔在河里喂了王八，我才不管什么毕业不毕业！上海在哪儿喽，瞎扯臊！”

“那反正，反正，结了！”天赐窝了回去。

“别长习气，蒜大的孩子！”

“你才是蒜，独头蒜，蒜苗！”

“去，一边去，不用理我！”

“偏理你！”天赐过去抓四虎子的痒痒肉，四虎子也不笑。天赐没脸，可是知道四虎子没真生气，也心中承认自己是有点装蒜。他从此不再对四虎子施展学问，表示身份。他得真诚地拿四虎子当作朋友。四虎子晓得他的一切。

真毕业了。开毕业会这天，天赐极兴奋。穿上了新皮鞋，胸袋上卡住了一转就出铅的笔。走路很用力，为是增高皮鞋的响声；可惜拐子脚，两脚尖常往一块碰，把鞋尖的皮子碰毛了两小块。一边催妈，一边催爸，去看会。他没觉到学校给了他什么，可是他今天特别地爱学校，学校今天给他文凭——连爸都没得过！四虎子在门口又向他吐了吐舌头。

同班的学友也都打扮得很整齐，差不多都穿着皮鞋，彼此听着皮底子的响声。八棱脑袋的虽然又留级，也穿上皮鞋，看别人毕业仿佛是他的最大快乐。级长——一个小白胖子——拿着张纸，看看，嘴里咕叽咕叽，又看看，又仰头咕唧，脸上一红一白的；他预备“答词”呢。天赐领着妈爸去看成绩。爸看见他的作文——七十五分。

“写得还可以？”妈低声地问。

“不错。”爸心里计算着：“七十五分，七钱五，差不多就是一两：比一块现洋还重点呢！”

天赐没敢指出他的豆细工来，虽然也得了六十分，可是不是他自己做的，他觉着有点亏心。他找算数卷子，没有找到，大概六十分以下的都没陈列出来，他很感谢先生们。学友们也都领着家长看成绩。家长们摇着扇子，慢慢地看，“还好！”点点头；卷子拿倒了，学生忙过去矫正。学生的态度也非常的自在，指指这，看看那，偷着往嘴里送个糖豆，顶在腮部，等泡湿了再嚼，以免出声。

开会了。毕业生坐在前面，家长在后边。台上是商会会长，师范校长，和其他的重要人物。先生们坐在台下左右，倒好像学生是商会会长教出来的。

国歌校歌都唱得很齐，还向国旗鞠躬。牛老者本来把草帽已摘下来，见别人戴着帽鞠躬，他又赶紧戴上了。老太太们还没立利落，人家已经鞠完了躬，只好再坐下。抱着小孩的根本立不起来，孩子被前边的人影壁挡住，什么也看不见了，急得哭起来。好几位邻居的老太太帮着劝慰，才住了声。再看台上，附小主任报告呢。主任穿着洋服，说一句话向上翻一下眼，报告了有四十分钟，大意是这些毕业生都是将来国家的栋梁；可是毕业只是学程上的一段落，学问是无穷的……他坐下，师范校长立起来。他说话声音很细小，好似不大耐烦和小学生们说话。可是也说了三十分钟：学业是永不休止，毕业不过是一段落……该商会会长了。鼓掌特别的激烈。会长说着惊人的四书句儿与国文上的名词："学然后知不足，不论是银行的经理，还是古圣先贤，都是这样的。不论在水陆码头，还是商埠，也是这样的。活到老，学到老。诸位是将来的知县，将来的经理，可是得知道，学然后知不足。学是如此，个人的财产也是如此，有一万的可以赚五千；有一万五的赚八千；凑到一块就是两万多！"台下鼓掌如雷，连小孩子们都精神起来，会长趁着机会转了弯："礼义廉耻，国之四维！凡事要拿圣贤的道理作准，圣人的道理就好比商会定的规矩！……"他一共说了四十多分钟。

天赐听着，吃着糖豆。屋里的空气越来越闷，他的眼慢慢地闭上了，牙自动地嚼着糖豆。商会会长下面还有五六位演说的，他都没听见。忽然听见一声："牛天赐！"肋部挨了一肘，他醒过来："我没吃糖豆！"

"拿文凭去！"

十四　桃园结义

天赐入了高小。只隔了一个暑假，他的地位可是高多了。他可以不大搭理初小那些小鬼了，学校里的一切，他都熟悉。他和有手表的们是肩膀一边儿齐了。老师虽是熟人，可是一上课就说给他们——现在是大学生了，不要再叫先生张心，大家须知自重。听了这番话，天赐细看自己，确是身量高了，而且穿着皮鞋！他得知道自重。又赶上这位老师对大家都很好，谁有什么长处他都看得出，他说天赐有思想。这使天赐的脸红起来，脚也发飘。他决定好好地用功。回讲的时候，他充分地运用着想象与种种名词，虽然不都正确与有用，可是连老师带同学都承认了他的口才与思想。他常到图书馆去借小故事书，他成了全班中的故事大王，于是也就交下几位朋友。

这些朋友可是真朋友了，吃喝不分，彼此可以到家中去，而且是照着“桃园三结义”的图拜过盟兄弟的。一共是五个人，天赐是老三。他很喜欢被叫作“老三”，想象着自己是张飞。大爷的爸爸是在县衙门里做官。天赐去给大哥请安，看到了官宦人家的派头并不和妈妈所形容的一样。大哥的家中非常的脏、乱；使他想不出怎么大哥的制服能老那么白。大哥的妈一天到晚吸着香烟，打着小牌，瓜子皮儿盖满了地。天赐不喜欢脏乱，可是也不敢否认这种生活的正当，因为大哥的妈到底是官儿太太，而大哥自己将来也会做官的。不论怎么说吧，盟兄弟们来往得很亲密，彼此也说着家事。大哥的爸仗着“活钱”进得多，所以妈妈有钱打牌。二哥的爸是当铺的掌柜，所以二哥的身上老有樟脑味儿。天赐也得告诉人家。他开始和妈打听：爸有几个买卖，多少所房子，多少钱。他把妈妈说的都加上一倍：爸有十来个铺子，十来所房子，钱是数不过来的；他想象着曾和爸数过一天一夜的钱，连四虎子也帮着，都没数过来！他也就这样地告诉了他们，虽然觉得有点不诚实，可是怪舒服。他把兄弟们“虎”住了。他们自然也不落后，他的爸越阔，他们的爸也越了不得。大哥的爸甚至于一夜赢了一千多块！这时候大家的想象都在钱上，而且要实际表现出来，大哥今天请大家吃糖；明天，二哥争先地应许大家，他请吃瓦片，每人五块！

可是，不到两个月的工夫，大家都觉得这有点讨厌了。大哥也不怎么看着二爷很不顺眼。恰巧这个时候，二哥告诉四弟：“你可别说呀！昨个，大哥的妈上我们铺子当了一个表，而且并不是好表！你可别说呀！”四弟本想别说，可是心中痒痒，于是告诉了大哥。大哥和二哥开了打，把以前彼此请客的互惠都翻腾出来，“谁他妈的吃了人家口香糖？”“对！也不是谁他妈的要人家的手工纸！”

天赐看不过眼去，想为两位盟兄说和，可是二位兄长都看他更讨厌，“你是干什么的？拐着腿！”

于是兄弟五人都“吹”了，手心上一口气，他妈的“吹！”“吹？那是！彼此谁再理谁是孙子！”

兄弟五人吹过，开始合纵连横另组织联盟，以便互相抵制。先生们也有在暗中操纵的，使某某几个人联合，以先生为盟主。家长们听说儿子与谁吹了，又与谁合了，也愿参加意见，“不用跟沈定好，他家卖米，咱们也卖米，世仇！听见没有？”天赐在这种党争里，充分地运动着想象：和谁合起来，足以打倒谁。他按照着“木羊阵”等的布阵法设下毒计，怎用翻板暗箭，哪里该设下消息埋伏，又怎样夜走荒郊，探听消息。他想到的比做到的多，可是他自己觉着做了不少；有时候想到便是做到了。他想到去探听谁和谁又有新的结合，他心里便做成一个报告：他和他在操场埋下炸弹，或是他请了他摆下天门大阵。这使他自己很恐慌，也有头有尾地告诉别人，于是班中的空气时时紧张起来，而先生骂他：“瞎扯！”他也学会怎样估量人的价值：班上有几个永不得志的人，屈死鬼似的永远随着人家屁股后头；他们没有什么可说，说了也没人听。他们永远当“下手”，因为他们的爸爸不高明。谁的爸爸钱少，谁就得往后站。天赐的想象中永远不为他们摆阵设埋伏。

可是，不久他又变了主张。他开始自己读《施公案》，不专由四虎子那里听了。他学会了“锄霸安良，行侠作义”。这更足以使他的想象活动。一个人自己有钱，偏要帮助那穷苦的，这是善心。善心可远不如武艺的更有趣味：一把刀，甩头一子，飞毛腿！一个人有这等本领，随便把自己认为是坏人的杀了，用血在墙上题诗！他觉得班友的合纵连横没意思了；杀几个，或至少削下几个鼻子来，才有价值。但是，他没多大希望，他的腿成不了飞毛腿！纪妈已经封就了他：“你呀，属啄木鸟的，嘴强身子弱！”学校里有武术，他只能摆摆太极，两手乱画圈儿；打个飞脚，劈个叉，没他。武术先生说了：曾经保过镖，一把单刀，走南闯北，和“南霸天”比过武。“南霸天”一刀剁来，他一闪身，飞起左脚把刀踢飞！武术先生的确可以行侠作义，看那两条腿！天赐只能在想象中自慰，他想用软功夫，用太极行侠作义：见了恶霸，一刀剁来，他右手一画圈，腿往后坐，刀落了空，而后腿往前躬，依着恶霸的力量用力，一声不响把他挤在墙角，动不了身。是的，太极也行，自己的腿不快，软倒还软！他想好不少套招数，而且颇想试试。顶好是拿八棱脑袋的试手，八棱脑袋的天生的没劲。他右手一画圈，八棱脑袋的给他左脸一个嘴巴。天赐假装笑着，还往后坐腿，“你打着了我不是？我是没防备，我这儿练往下坐腿呢！你坐坐试试，能坐这么矮？”八棱脑袋的果然坐不了那么矮，可是天赐脸上直发烧。完了，太极也不中用，他只能在嘴皮子上行侠作义了。他很爱念念小说，甚至结结巴巴地，连蒙带唬地，念《三国志演义》。四虎子不能再给他说，他反倒给四虎子说了。最得意的是妈妈有时候高兴，叫他给念一两段《二度梅》。他的嗓音很尖，用着全身的力量念，有不认识的字也没关系，他会极快地想怎合适怎念。念得满头是汗，妈妈给他一个果子，“明儿再念吧，天赐。”

年假后开学，天赐读小说的机会更多了。来了两个插班生，其中有一个就是昔年曾与他玩过而被妈妈拉走的那个小秃，现在是叫陆本善。他们是亲戚。学友因合纵连横的关系，彼此侦探家中的情形，而这位亲戚便依着他妈妈的心意把天赐叫作“私孩子”。这三个神秘而又卑贱的字使大家心跳，都用另一种眼神细细重新审定天赐：“拐子腿，私孩子是拐子腿的！或者扁脑勺是私孩子的记号？”“私孩子”在大家的嘴唇上嘶嘶地磨着，眼睛都溜着天赐，没有人再和他亲近，没有人再约他到家中去玩，没有人再听他的故事。学校，对于天赐，成了一个绝大的冰窖。他们远远地看着他，嘀咕，窃笑。继而看他并不咬人，他们大着胆子挨近他来，碰他一下，赶紧又走开，“哟，私孩子身上也有肉，我的乖乖！”他们碰他，挤他，绊他的腿，瞪他，向他吐舌头。天赐恍惚地想起先前自己在家里捏棉花的情形，没有人跟他玩。不过，那时候没有人讥诮他，现在一天看着别人挤眼。他可以忍受孤寂，但是受不了嘲弄。他不晓得到底什么是私孩子。有时候逼急了，他想用武力解决，可是他干不过他们。他的泪常在眼圈里转。

“妈！妈！他们叫我‘私孩子’！”他想妈妈必能给他出气。

可是妈妈没有什么表示，只极冷静地说：“甭理他们！”

他向四虎子要主意，四虎子主张：“跟他们干，我帮助你，单个的钓出城去，揍！”

天赐很满意这个办法，可是事实上做不到。“我告两天假吧？”他提议。

“你一告假，他们就更欺侮你，”四虎子说，“去，天天上学，看他们把你怎样了？太爷不含糊！”

天赐确是有点怕他们了，可是四虎子壮起他的气来，他会消极地抵抗，自幼他就会。他拿准了时间，约莫着快上堂了，他才到。上课的时候他低着头听讲，下课后他独自嚼点什么，仰脸看天。图书馆是他的避难所，要不然就回家来。他就不想交朋友了。念小说，温功课，他觉得出自己的功课有了进步，虽然心里很堵得慌。他会想象，独自个会在心中制造出热闹的世界来。他的心比身强。

只有礼拜天是快活的。爸和妈大概有了什么协定，爸每到礼拜总张罗带他出去玩，而妈并不拦阻。在爸的左右，他忘了想象与计算，爸对什么都马马虎虎。他们爷儿俩在城外，或在戏园，会无忧无虑地发笑。可是赶到在回家的路上，天赐心中的黑影又回来了，他愿和爸谈心。爸在这种时节，能给他一些无心说而有心听的激刺。“管他们呢，”爸会说，“管他们呢！一个人自要成了事，连狗都向你摆尾巴。我一辈子马马虎虎，也有好处。你说是不是？”这会儿爸变成极体面而有智慧的人。天赐又想象了：一旦自己成了大事，别人，哼，对我递嘻和[①]，我也不搭理！他试着把自己比作赵子龙、秦琼，和黄天霸。不，他得是张良，或是朱光祖。他还得上学去，故意地气他们。谁也不理。他匀出点心钱，买了把用洋火当子弹的小手枪。手枪在袋里，手按着枪柄，看谁不顺眼，心里就向他瞄准，而口中低声的：訇！又死了一个！

到了暑假，他考得很好。翻着小眼，他看着同学们。他们的嘴撇得更大了。他们不甘心在私孩子的后面，老师设若愿意干的话，得把天赐降到十名以外；不然的话，他们就退学。他们见了主任。主任嘱咐先生把天赐降到第十五名，原来他本是第四名。胜利是他们的；主任觉得这样办非常的公道，一个被大家看不上的学生当然不能列在前几名的。老师可是同情于天赐，但是他没办法，他不能得罪别的学生；附小向来有这个规矩——榜示的名次是可以随意编排的。

天赐哭了。他决定不再上这个学校来。可是妈妈不答应，“偏去！偏去！看他们把你怎样的了！你要是不去，那可就栽到了底！咱们还怕他们？你等着，我找主任去，我不把他的学校拆平了！”牛老太太是说得出行得出的。她可以去找商会会长，她

① 递嘻和：嬉皮笑脸。

在县衙门也有人，她连师范校长都能设法打通。她不能受这个！

天赐见妈妈急了，他反倒软下来。他取了爸的态度。他不愿妈去捣乱；想象使他热烈，也有时使他惧怕，他想象到妈妈打主任几个嘴巴！他还上学就是了；好在隔着一个暑假呢。

暑假里没有同学来找他。他又想起老黑的孩子们来。到底是这些孩子可爱，他们不笑话谁，不挑拨事，他们只知道玩耍。他找了他们去。他们——一共五个，最大的是个姑娘，有十四岁了——同他出城去玩，一天有事情做，没有工夫瞎扯与冒坏。他特别爱这个黑姑娘。她有顶黑的眼珠，黄黄的头发。她现在已不赤背，可是到城外还扒下袜子。那四个男孩完全受她的指挥，他们管她叫“蜜蜂”。

云城的北门外有一道小河，河身不深，水很清，水草随着水溜流着绿叶。河心还浮着金与银的小睡莲，圆叶像碧玉的碟儿。两岸都是杨柳，长条与蝉声织成一片绿的音乐。河边上有小鱼，短苇里藏着小水鸟，风里有各色的蜻蜓。河岸左右都是田地。“蜜蜂”领着他们在河岸上玩，不用带着玩具，动物植物都供给他们一些玩的材料。他们知道什么苍蝇最好钓什么样的蛙，什么树上有长犄角的“花牛”，什么样的蜻蜓是最好的“招子”。天赐跟着他们，忘了学校里的一切，他非常的快乐。他也不嫌他们脏了，他们并不脏，至少是他们的脚，一天不知在水里浸多少次。他们会用裤子做成水骆驼，在河里骑着。那凉凉的水，柳树下的不很热的花树影；脚在水里，花树影在脊背上，使他痛快得大声地喊叫。他们也喊。于是他与“蜜蜂”各领一军作水战。他的想象与设计，使“蜜蜂”佩服他的战略，他也佩服她的勇敢。

他舍不得离开他们，他们也拉着他不放，非到他们家去吃饭不可。他去了。老黑没有理会他，直到快吃完了，才问“蜜蜂”，怎么多了一个孩儿？哎呀，原来是福官来了！你看大家这个笑！

十五　天罗地网

第二学年的开始，天赐不打算再上学。妈妈有点犯喘，说是被他气的。他不敢再别扭，他不肯把妈妈气病了。入学之后，大家对他不像先前那么坏了，因为大家的注意已移到一两个新学生的身上。有一个新学生的姐姐，据说，叫作“大美人”。师范和中学的学生在课后常往那条街上跑，去看大美人。他们管大美人的弟弟叫作“二美人”。二美人长得很俊秀，头发被油沤得像洋瓷盆那么亮。他很老实。大家摸他的脸蛋，抹他头上的油而深呼吸地闻着，抢他的手绢。他不反抗，只在教员休息室门口立着，好避免大家的进攻。天赐讨厌他们的这种行动，可是敢怒而不敢发作。他知道，设若公开的护着二美人，大家一定会把他和二美人放在一类。他心中很难过，可是为自己的利益他不敢主持公道。要动同情心的时候他得马马虎虎，他得冷静。在作文的时候，他有一次把他的愤怒发泄出来一些——他的文字只能说出心中所要说的十分之一。可是先生给他批上：“不平之鸣非小学生所宜发；和平实养天机。”先生对于大家欺侮二美人也不管不问，似乎那是该当的。这个，使天赐又想起来行侠作义，他真希望半夜里取下他们的人头，而后留下一张小纸，印着一朵梅花。他花了十个铜子刻了一个小木头戳子——一朵梅。

学校又起了风潮。主任被撤职，教员们拒绝新主任。旧主任本来和学生们没有多少接触，更提不到彼此有什么感情。可是经先生们在教室里一演说，学生们全动了心，甚至于落了泪。先生们说：主任家里有十个买卖，家里的人有五六个做官的，他本人原来就不爱干这个穷事，可是他为教育、为学生而牺牲，放着知县都不做，而来做主任。这样的人不应当拥护么？再看新主任吧，一个穷光蛋，父亲是个木匠，木匠！

没有说完，大家已经决定了，附小绝对不能要木匠的儿子来做主任！谁的爸爸也比木匠高，甚至于二美人的爸爸也比木匠高。云城里，木匠是没有地位的。拥护主任，主任要是走了，太阳就没法再出来了。学生家长一律气炸了肺，什么？木匠的儿子？太好了，再等两天，打扫茅厕的还做主任呢！绝对不行！

课不上了，标语写了两刀多纸：誓死反对小木匠；拥护革命的主任……课虽不上，大家可是都得上学。全体童子军一律拿木棍当纠察。有不来的便是走狗；打倒小木匠的走狗！其余的学生分为文牍股、庶务股、交际股、宣传股、会计股、侦探股、卫生股、交通股，八大股。一年级的小学生也分在各股服务。天赐被分在侦探股。这股的办事细则还没拟好，不过主要的工作已派定：校里校外探听消息，随时报告给先生们。股员有四十多人，有在厕所里巡逻的，看见有人去挤尿便得报告，而一二年级的小学生这两天因为没事可干，常常去挤点尿解闷，于是被报告的不少。天赐看不起这种工作，可是这紧张的空气激动了他的想象，他想到些别人没想到的危险与阴谋。他专在主任室外巡视，生怕房脊上偷爬着穿夜行衣靠的来行刺。越看那个屋脊，这越有可能。他偷偷地去裁了些小纸，印上一朵梅的暗号，并题上：“狗主任，一刀一个不留情！”主任室门上、教员休息室内一带等处，都贴了一张。然后他拿着一张去报告：“报告，有行刺的！”先生到各处一找“无名帖”，全学校的脸色全变白了。天赐立刻成了英雄。大家争着问他：“你是看见了吗？”天赐的薄唇用力缩紧，一字一字地往外爆：“主任的房脊上，俩背单刀的！”一个传十，十个传百，没有半天的工夫，已经成为“牛天赐说的：他看见十个背单刀的！”，听说的唯恐不确，必须亲自来问：“你是看见十个背单刀的吗？”天赐不便否认，“还许是十一个呢，跑得太快，都是飞毛腿，不容易数，准得是十一个！”天赐的名誉恢复了，他一点也不能是私孩子了，谁也没这么说过；他是朱光祖了。主任亲派他为侦探股副主任。连主任上厕所都有十个纠察随着，怕那里有行刺的。天赐向来没呼吸过这么甜的气，他并没把副主任搁在心上，而所喜的是他可以随便运用想象，想象出来的不但使别人惊恐，连自己也害怕。他会由闹着玩而渐变为郑重其事地干，他觉得真有刺客埋伏着了。他向先生们建议：得把武术先生请来教给大家打镖。这又是独到的，谁也没想起武术教员来——教员们平日是不大看起他的。教员们也都佩服了牛天赐。

正在这个当儿，真正严重的消息来了：新主任已跟县里接洽好，要带二十名保安队来武装接收！大家向武术教员要主意，他说他一个人能打四十个小伙子。他是铁布衫，朱砂掌，刀枪不入。可是待了一会儿，他偷偷地溜了。他一溜，大家更恐慌了。开了全体大会，一年级的小学生吓得直尿裤子，当时由卫生股去相机处理。自然教员出了好主意：门口安电网。初级的学生暂放三天假。高级的全得带武器来，在电网后堵防。学生登时都回了家去拿兵器，有的就没敢回来。天赐非常的热烈，他管电网叫作“天罗地网”，这必会拿住几个妖精。他把旧竹板刀找出来，没告诉妈妈，偷偷又回了学校。校门上果然安上了铁丝，可是还没有通上电。天赐抱着竹板刀，在大门内站着，他的眼光四射，薄嘴唇咬着，一心等着厮杀，他十分的真诚。门口来往的人都向大门上细看：电网！电网！这回可有个热闹！这叫天赐的心跳得更快，他是行侠作义的真黄天霸了。到了下午两点，高级生虽只回来一半，可是不能再等了。大门关上，通了电流，天赐听着门外的声音，好像隐隐有天兵天将呐喊！

等到四点不见动静，天赐不耐烦了。散了吧，歇会儿去，他来了爸的劲儿。他上了教员休息室，他是副主任。随便拿起先生们用的茶碗喝了一碗，气魄极浑厚。找了个座儿坐下，把刀顺在腿旁。身子一累，脑子便迟钝，他就想睡觉。他闭上了眼。约莫着有四点半钟吧，他被人唤醒。眼前站着两个保安队！“叫什么？”

“牛天赐。”天赐莫名其妙。

“干什么的？”一个问，一个往小本上写。

“侦探股副主任！”

“副主任，哎？”保安队打量了天赐一下，笑了，“走，回家去！”

“我这儿服务呢！”天赐还不肯走。

“去你的吧，小孩子！”保安队扯着他的肩膀，往外一搡。

到了院中，天赐的心凉了，各处都把上了保安队。原来新主任知道大门有电网，由后面登梯子跳墙进来了。他只好回家吧，虽然很后悔没能厮杀一阵。

过了两天，他到学校去看一眼。门外的标语已经换了：“欢迎有革命精神的 × 主任！”“打倒帝国主义走狗的 × 主任！”他认识这个笔迹，他的级任先生写的。大门的旁边贴着张布告：“……牛天赐……等十名，应即开除！”

天赐糊涂了，这是什么把戏呢？再看，不错是他被开除了。他不敢进去质问，门口有个保安队站着，带着枪！

他极慢地走回家去，不敢去告诉妈妈，妈妈这几天不大舒服。可是不能不告诉，这不是丢了一管铅笔什么的那种事。怎么告诉呢？他思前想后，越想越糊涂。不必想了，先看看妈妈去，假若正赶上妈妈喜欢呢，就告诉她。他假装没事人似的进了妈妈的屋中。他的眼神与气色把他自己卖了，妈妈看得出来，“福官，学校怎么着了？”

天赐想笑，没笑出来。一个小学生最大的羞辱恐怕就是开除吧？“没，没——”他结巴起来。

“怎么了？福官！”妈妈的神气有点可怕。

“开，开除了！”天赐的头扭在一边。

“谁？你？”

“我！”

妈妈半天没说出话来。养起个官样的儿子，就这样呀！十几年的心血，白费！天赐被人家开除了！但是妈妈必须知道个水落石出，为什么开除呢？

天赐说不上来。

妈妈得到学校去问。为减少对于儿子的失望，妈妈希望这是学校当局的错误。她得去问。假若真是学校不对，她不能这么善罢甘休；她在云城有个名姓！

天赐怕妈妈去，她的身体不大好。可是又希望她去。问个明白。

“走！跟我去！”妈妈很坚决。

天赐知道妈妈的脾气，不敢不去。多么难堪！妈妈去和先生吵嘴；还能不吵嘴吗？平日最应尊敬的不是妈妈与先生么？看着他们吵嘴！他的手哆嗦了。

牛老太太拉着天赐，极官样尊傲地往校门里走。天赐要钻到地里去才好。他受不了这种争斗。他好玩，也可以不玩；玩的时候运用着想象，不玩的时候便马马虎虎；他怕妈妈这种郑重的实际的攻伐。保安警察拦住了他们。

“牛天赐的母亲牛老太太见你们主任！”妈妈一口气而字字清楚地说。

“主任不见。”警察说，神气也够傲慢的。

“你说的？是你——说的？”妈妈的眼钉住了警察的脸，“好吧，咱们县里说去！”

警察毛了。他看了看牛老太太的穿张，开始收兵，“看看去，主任也许见。”

“也许干吗？牛老太太赏他脸才来呢，叫出他来！”

天赐觉得妈妈的手拉得更紧了些。他要佩服妈妈，可是不能，他以为这太严重了。

主任出来，把牛老太太让到接待室。

“牛老太太？”主任搓着手。三十多岁，一身洋服，上面安着个虾蟆头，说话吸着气。

“你就是跳墙过来的那个主任呀？”牛老太太眼皮扣着，手放在膝上，声音低而有力，很像位太后，“我不是来求你再收留天赐，听明白了；我来问问你，为什么开除了他？”老太太这才抬起眼皮，看着那个虾蟆头。

主任搓手，吸气，咧嘴，心中很得意：老太太并不要求收回成命，这就好办了；说话好听不好听的，没大关系。虽然如此，他可是一时想不起说什么好。再搓手，吸气，咧嘴。天赐替他很难过。

“是的，是的，”主任搓着手，“没什么，老太太请回去吧！”

“你还没说明白呢，”老太太的深眼坑里窝着点黑火，“为什么开除了他？”

“是的，教员们的主张，我刚到，不大清楚。”

“看你就露着糊涂样子吗，还清楚得了！”

主任要生气，“老太太可也别——”

“别怎样？别？老太太今天高兴来教训教训你！你，就凭你，还有什么蹦儿？！你打听去吧，我有个名姓！我要叫你安安顿顿地做主任，我不算是我妈妈养的！”老太太对于这点并没有把握，可是她知道云城的教员们是不敢惹绅商的。

果然，主任又不生气了；他就怕有家长出来捣乱。同行的捣乱好对付，家长是另一回事；在云城办教育而得罪了学生家长是满有被人推到河里去的危险。他又搓手，很像个不得主意的大苍蝇，“是的，是的，老太太请回吧！我去商议商议看，自有办法！”

“用八人大轿往回抬，我们也不在这里念了，用不着你的办法。我来问你为什么开除了天赐；你说不上来！要不是你糊涂，就是你爸爸糊涂。搁着你的，放着我的！这是怎么说的！天赐，给主任鞠躬，咱们走！”

主任只剩了吸气，可是十分地努力把老太太送到校门外，“老太太慢走！是的！”

天赐非常的难过。他想起老黑的小孩在城外钓青蛙，为贪吃一个苍蝇，蛙的腮挂在钩上，眼努出多高，腿在空中踢蹬着，可是没办法，连叫也不会叫了，任凭人家摆弄，它只鼓起肚皮。主任很像这个青蛙！他一天没吃饭。

十六　一命身亡

老太太与主任的战斗虽然不很热闹，她可是没省了力量。本来身体就不甚好，加上这一气，她到家就病了。在精神上，胜利是她的；事实上，她的高傲的办法使主任得去便宜。她这种由人格上进攻的战法，在二十年前或者还能大获全胜；主任是读书要脸面的人呀，按老规矩说。按老规矩，王朗是可以被骂死的呀。可是，现在的主任只求事情过得去：开除了，学生不要求回来，这岂不很顺手；骂几句算得了什么？老太太白费了力气，没把主任怎样了。她觉出她该死了。她一辈子站在礼义廉耻上、中等人家的规矩上，现在这些似乎已不存在了。她越想越气。

天赐很难过。妈妈为他的事气病，没想到的事。遇到实际上的问题，他不能再想象，因为眼前的事是那么真切显明，他没法再游戏似的去处置。妈妈生病，事儿太郑重，他不能再“假装”

怎样了。他能假装看见学校房上有十一个背单刀的，因为那里的事不切近；妈妈是真哼哼呢，妈妈真是为他的事而生病。这里边有他！他迷了头。他着了急：为妈妈去找药，为妈妈去倒开水，他一心地希望妈妈好了。可是妈妈的病越来越沉重。他愿常问问妈妈好些没有？妈妈的身上疼，他愿说——我给轻轻捶一捶？可是，他说不出口，他在屋中打转，说不出。妈妈说他没良心，纪妈责备他不懂事。他有口难辩。在家里，在学校里，一向是生闷气的时候多；同情往往引起是非，而且孤高使他不愿逢迎。他会说故事，可是这并不能使他对人甜言蜜语的。遇到了真事，他怕。在想象里他能郑重；在真事里他不能想象，因而也不能郑重。他真愿安慰安慰妈妈，可是妈妈是真病了，怎能假装地去问呢？不假装的还有什么可说呢？

妈妈和一般的六十多岁的老人一样，有病便想到了死，而且很怕死。这倒不一定是只怕自己不吸气而去住棺材，死的难堪是因为别人还活着。死去也放心不下活着的，这使死成为不舒服的事。越到将死越觉出自己的重要，不然这辈子岂不是白活？她设若死去，她自己盘算：天赐该怎办呢？老头子由谁照应呢？那点产业由谁管理呢？……越想越觉得自己死不得，而死也就更可怕。有一分痛苦，她想着是两分，死越可怕，病势便越发仿佛特别的沉重。她夜夜差不多梦见死鬼！

在亲戚们的心中，牛老太太死在牛老头儿的前头是更有些道理的。他们惹不起她，可是她若在最后结个人缘的话，顶好是先死。他们自然没法把她弄死；她自己生病可是天遂人愿，他们听说她病了都觉着心里痛快。他们拿着礼物来看她，安慰她，同时也是为看看她到底死得了死不了；设若她的气色正合乎他们所希望的，那点礼物算是没白扔了。天天有人来看她，也很细心地观察天赐。天赐直发毛咕。在他们心中，老太太要是一病不起，他们会想法叫牛家的财产落在牛家人的手里。天赐觉得他们的眼角有点不是劲儿。

牛老者给太太请了医生。医生诊了脉，说不怕；吃两剂小药就会好的。他开了二十味小药。牛老太太吃了一剂，病更重了，二十味小药没有一味有用的。又换了位医生，另开了二十味小药；这二十味大概是太有用了，拿得老太太说起胡话。

妈妈不像样儿了。在灯下，她十分的可怕。她闭着眼，嘴唇动得很快，有时出声，有时无声，自己叨念。有时她手摸着褥边，“对了，你拿这二十去吧；那三十你不能动！”她睁开了眼，向四外找，“走啦？拿了钱就走！早知道，少给他……”她愣起来，吧唧了两下，“给我点水喝！”

天赐大着胆给了妈点水，妈咽了半口，“不是味！”天赐没了主意。他没想到妈妈会有这么一天。他和妈妈的感情不算顶好，可是妈妈到底操持着一切，妈妈是不可少的。妈叫他呢，“福官，这来！”天赐挨近了妈妈。“我呀，大概不行了。把抽屉里的小白布包递给我！”天赐找到了小包，要叫声妈，可没叫出来，他的泪下来了。他没和妈这样亲密过，妈向来不和他说什么知心的话。“打开，有个小印，小图章，不是？你带着它，那是你外祖父的图章。你呀，福官，要强，读书，做个一官半职的，我在地下喜欢。你外祖做过官！老带着它，看见它就如同看见我，明白不？”

天赐说不出来什么。他想不出做官有什么意义，也顾不得想。他心中飘飘忽忽的。他看见了死。妈又说话呢，说的与他没关系。这不像妈，妈永远不乱讲话！妈又睡去，全身一点都不动，嘴张着些，有些不顺畅的呼吸声儿。越看越不像妈了，她没了规矩，没了款式，就是那么一架瘦东西。她的身上各处似乎都缩小了，看不出一点精力来。这不是会管理一切的妈妈。他不敢再看，转脸去看灯。屋中有些药味。他仿佛是在梦里。他跑去喊爸。

爸来了，屋中又换了一个样。爸的圆头大肚使灯光都明了好些。屋中有了些热气。天赐看看爸，看看妈，这一间屋中有两种潮浪，似乎是。他可怜妈那样瘦小静寂，爸也要落泪，可是爸的眼好看，活的。

妈睁开了眼，看看他们，极不放心地又闭上了，没看完的一点什么被眼皮包了进去，像埋了点不尽的意思。

妈的眼永不再睁了。

天赐哭不出声来，几年的学校训练使他不会放声地哭。他的心好像已经裂开了，可是喊不出，他咧着嘴干泣。妈妈的寿衣穿好，他不敢再看，华美的衣服和不动的身体似乎不应当凑在一处。

吊丧的人很多，可是并没有表现多少悲意，他在嘈杂之中觉得分外的寂寞。有许多人，他一向未曾见过，他们也不甚注意他。他穿着孝衣，心里茫然，不知大家为什么这样活泼兴奋，好像死了是怪好玩的。妈妈死了，一切的规矩也都死了，他们拿起茶就喝，拿起东西就吃，话是随便地说，仿佛是对妈妈反抗、示威呢。

到了送三[①] 那天，他又会想象了。家中热闹得已不像是有丧事，大家是玩耍呢。进门便哭着玩，而后吃着玩，说着玩，除了妈妈在棺材内一声不发，其余的人都没话找话，不笑强笑，他们的哭与笑并没什么分别。门口吹鼓手敲着吹着，开着玩笑。门外摆着纸车纸马纸箱纸人，非常的鲜艳而不美观。院里摆着桌面，大家吃，吃，吃，嘴像一些小泔水桶。吸烟，人人吸烟；西屋里还有两份大烟家伙。念经的那些和尚，吹打着“小上坟”“叹五更”，唱着一些小调。孩子们出来进去，野狗也跟着挤。灵前点着素烛，摆着一台“江米人”，捏的是《火焰山》《空城计》《双摇会》。小孩进门就要江米人，大人进门就让座。也有哭一场的，一边抹泪，一边“先让别人吧”，紧跟着便是“请喝吧，酒不坏！”祭幛，挽联，烧纸，金银元宝，红焖肉，烟卷筒，大锡茶壶……不同的颜色，不同的味道，不同的声音，组成最复杂的玩耍。天

① 送三：旧时人去世后三天请和尚、道士等超度亡魂的仪式。

赐跪在灵旁，听着，看着，闻着，他不能再想妈妈，不能再伤心，他要笑了，这太好玩。爸穿着青布棉袍，腰中横了一根白带，傻子似的满院里转。他让茶让烟让酒，没人安慰他，他得红着眼皮勉强地笑，招待客人。那些妇女，穿着素衣分外的妖俏，有的也分外的难看，都惦记着分点妈妈的东西，做个纪念。她们挑眼，她们彼此假装地和睦，她们都看不起爸。天赐没法不笑了，他想得出更热闹的办法，既然丧事是要热闹的。他想象着，爸为什么不开个游艺会，大家在棺材前跳舞，唱“公鸡打鸣”？为什么大家不做个吃丸子竞赛，看谁一口气能吃一百？或是比赛哭声，看谁能高声地哭半点钟，不准歇着？这么一思索，他心中不茫然了，不乱了；他郑重地承认了死是好玩的。一个人应当到时候就死，给大家玩玩。他想到他自己应当死一回，趴在棺材里，掏个小孔，看外面大家怎么玩。或者妈妈就是这么着呢，也许她会敲敲棺材板说：“给我碗茶喝！”他害怕起来，想象使他怕得更真切，因为想象比事实更复杂而有一定的效果。他应当去玩，他看不出在这里跪着有什么意义，他应当背起单刀去杀几个和尚，先杀那个胖的，血多。

事实是事实，想象只是一种奢侈。他听见屋中有位脸像埋过又挖出来的老婆婆，说：“这孩子跪灵算哪一出呢？！”一个大白鼻子的中年妇人回答：“死鬼呀都好，就是不办正事。不给老头子娶个二房，或是由本家承继过小子；弄这么东西！”大家一同叹息。天赐知道这是说他呢。妇女们的眼睛都对他那么冷冷的，像些雪花儿往他身上落。他又茫然了。一提到他自己，他就莫名其妙。他曾问过妈妈，为什么人家管他叫“私孩子”，妈妈没说什么。他是不是私孩子？妈妈说他是妈妈生的。私孩子有什么不好？妈妈不愿回答。纪妈，四虎子，爸，也都不说什么。他不明白究竟是怎回事。在想象中，他可以成为黄天霸或是张良，他很有把握。一提到他真是什么，他没了主张。现在人家又骂他呢。他并不十分难过，只是不痛快，不晓得自己到底是什么。而且更不好受的是在这种时节他不能再想象，既不是黄天霸，又不是任何人，把自己丢了！在这种时节，生命很小很晃动，像个窄木板桥似的，看着就不妥当。

有十点来钟吧，席已坐过不少桌，外面的鼓又响了。进来一个妇人，带着四个孩子，都穿着孝衣，衣上很多黄泥点子，似是乡下来的。妇人长得很像雷公奶奶，孩子们像小雷公。天赐一眼没看见别的，只看见五个尖嘴。妇人进来就哭，哭得特别的伤心，头一句是：“我来晚了，昨天晚上才得到信呕，我的嫂子——”四个小雷公手拉着手站在妇人后面，一声也不出。妇人把来晚，与怎么起身，乡下的路怎么难走，和四个孩子怎么还没吃饭，都哭过了。猛然地把鼻子抓了一把，而后将天赐用脚踢开，好像踢着一块碍事的砖头。紧跟着把四个孩子都按在灵旁，“就在这儿跪着，听见没有？动一动要你们的命！”转过头来，眼泪还满脸流着，“茶房！开饭，开到这儿来，给他们一人一碗丸子，五个馒头！”然后赶过牛老者去，“大哥！嫂子过去，我没什么孝心，就是这一身孝，四个孩子来跪灵；你二弟病了不能来，叫妹妹来了。那个小子是谁？”她指天赐，“大哥你这就不对了，放着本家的侄子不要，不三不四地找个野孩子，什么话呢？我们穷啊，穷在心里，没求哥嫂给个糖儿豆儿！今个咱们可得把话说明白了，当着诸亲众友，大水冲不了龙王庙，一家人得认识一家人；你的侄子是你的骨肉，虽然咱们不是亲手足，可也不远。不能叫野孩子这儿装眉作样的！”又转过头去，“好好地吃！别叫人耻笑！”

这一片独白引起大家的同情，埋过又挖出来的老婆婆，大白鼻子，红眼边，全一拥而上把牛老者围在当中。各人争着说，谁也没听见谁的，牛老者头上冒了汗。他不用挨着个儿细听，反正大家都责备他呢。他又不能答话，想不起说什么。男人们有关系的不过来，由着妇女打前阵，没关系的站着看热闹。说着说着，大白鼻子也把个孩子按在灵前，红眼边一下子按倒了三个；一急把别人家的孩子也按在了那儿。不大的工夫，灵前跪了一片白。最后，还是雷公奶奶挑头儿，“把那个野孩子赶出去！”

天赐在棺材旁边立着呢。他觉得那些人可怕，可是说不上来怎么可怕。羞辱他常受，不足为奇。在人群中他觉着孤寂，也是平常的事。他不慌，只是不知道怎样才好。他站着不动。爸被人围住，不能过来。他找不到一个同情于他的人。妈妈是死了。灵旁跪着的孩子们听见雷公奶奶的呼吓，有个大点的立起来，和天赐眼对着眼。天赐不动。那个孩子搂起袖子。正在这个时候，搂袖子的少爷挨了个很响的脖儿拐。四虎子扯起天赐就往外走。

“怎样?！打人吗?！”多少人一齐喊。

“妈的臭！”四虎子的头筋跳着，连推带搡地从人群中穿出去。大家不知他是何许人，没敢动手。及至大家打听明白了他是谁，已经太晚了，这使他们非常的丧气。

出了门，天赐反倒哆嗦起来。四虎子一声没出，把他领到老黑的铺子里。

黑家的孩子们都在家呢，他们热烈地欢迎天赐，可是天赐没有心程跟他们玩。四虎子跟老黑说了几句，老黑点头，“没错，交给我吧；钉这么擦黑的时候，我把牛掌柜找来，没错！”

“你上哪儿？”天赐问四虎子，“可别回去，他们打你！”

“我不回去，你好好地在这儿玩吧，回头见！”四虎子走了。

老黑派“蜜蜂”等陪着天赐在家里玩，不准出去。蜜蜂把大家领到后院去，直玩了一天。他们现在已经“文明”了：蜜蜂的大弟弟已去念书。他把书教给大家替他记着，蜜蜂记人之初，他自己记性本善，二弟弟记性相近……他要是在学房里背不过书，到了家中就都想起来，所以他常在家里，非等大家请求他再去学两句新的他不上学。他不记字，只记一句的声音，记不准确也没关系，大家可以临时创造。所以黑家的这本《三字经》是与众不同。他一人上学，大家可都有笔，后院的墙上满画的是图。老黑很喜欢家中有了“书气”。

玩着玩着，天赐慢慢地把愁事都忘了，他开始说故事给他们听。他们很爱听黄天霸，不爱听青蛙和小鱼说话，因为知道青蛙不会说话。听完了几段故事，他们决定举天赐做他们的先生。天赐很感激他们，他向来没受过这样的尊敬。先生得教给他们书，他编了几句：黄天霸，耍单刀，红帽子，绿裤腰……大家登时背过，而且不久就发现了，原来红帽子绿裤腰是说的五妹妹，五妹妹的裤腰，因为褂子短，确是露着一块儿绿的。大家非常佩服天赐。

黑家的孩子们不认识钟表，天黑了就睡。在哪儿困了就躺在哪里，“蜜蜂”得把他们抱到一张大床上，点好数儿。有时候数目不对就很麻烦，因为有睡在煤筐里的就不大容易找着。他们睡了，天赐坐在柜台里十分的寂寞。他又想起早半天的事来。他不明白其中的故典，一想起来就觉得自己应该是大人了，不该再和孩子们玩，也不该快乐。他的稀眉毛皱起来。

八点多钟，爸才来。爸也改了样，脸上的纹深了些，不是平日马虎的神气了，那些纹都藏着一些什么，像些小虫吸着爸的血。父子都没话可讲。坐了半天，爸说：“咱们上街走走去。”

爸不像是想说话的。天赐忍不住了，“爸！你真是我的爸？”他扯了爸的袖口一下。

“真是！”爸点头。

“你还要我，爸？”

“要你！”

“他们为什么赶出我来？”

“他们要钱。”

“给他们不就完了？”

“完不了，他们嫌少。”

“不会多给点？钱算什么？！”

“不能多给，我的钱！”

这不像爸。没想到爸能这样。爸不是遇上事就马马虎虎么？为什么单在这几个钱上认真呢？钱为什么这样可爱呢？

“我的钱！”爸又重了一句，“我爱给谁，都给了也可以；我不爱给谁，谁也抢不了去！”

“不给多多的钱，他们不走，我就不能回家？”天赐问。

“偏回家！怎么不回家呢？！我接着他们的！钱是我的！”

天赐不能明白爸了。钱必是顶好的东西，会使爸不马虎。这是爸第一次这么认真。他不敢再问，只觉得妈是在爸身上活着呢，爸和妈一样的厉害了。

“咱们回家！”爸的皱纹在灯光下显着更深，更难看了。

天赐怕回家，可是必须为爸显出勇敢；妈死了，爸只有他，他不能再使爸不痛快。

四虎子在门口呢，天赐壮起点胆子来。院中冷清清的，多数的客人都在送三的时候走了，和尚也去休息。西屋有两三位预备熬夜的。灵前点着一对素烛，烛苗儿跳动着。灵后很黑，棺材像个在暗中爬伏的巨兽。天赐哭了。他觉得非常的空虚寂寞，妈是在棺材里，爸为几个钱要和人家打架。

四虎子过来安慰他：“别哭啊，伙计！你看我，我不哭！妈死了，咱们就不是小孩子了，咱们跟他们干！”

妈常说：“得像个大人似的！”妈死了，这句话得马上实现出来，“不是小孩子了！”天赐觉得心中老了一些。是的，他不能再和“蜜蜂”们玩，不能再随便哭，他得像个大人。怎么像个大人呢？他得假装，假装着使他能郑重，他似乎明白了爸，钱是不能给人的，一个也不能给，他是大人了。大人见了叫花子就说：“去！没有！”即使袋中带着许多钱。这是大人的办法，他也得这样。怪不得爸变了脾气，大概是爸在妈死后才成了大人。他收了眼泪，盘问四虎子，他得关心，既已不是小孩子了。

四虎子告诉他：他们要钱，爸不多给，他们说了，送殡的那天还得闹。有两个办法可以避免闹丧：爸多给他们钱。或是爸坚持到底。他们都知道爸老实，可是爸真不往外多拿钱，他们也得接收爸愿给的那点。

天赐的心里赞成多给钱，可是他现在是装作大人，不能多给，钱是我们的，爸是完全对的。他的薄嘴唇咬起来，眼睛扣着，手背在后面，脚尖抓住了地。他似乎抓住点什么，自己是一种势力，一种天不怕地不怕的威能。即使他们因为钱少而闹丧，也只好凭着他们去闹，钱是不能添的，不能添的！爸并不马虎，爸是可佩服的，他必须帮助爸去抵抗。他睡了，连和尚念经也没吵醒他，他有了自信的能力。

十七　到乡间去

殡是平安地出了。双方都没栽了跟头。原本是牛老头儿绝不添钱，而亲族们预备拦杠闹丧，不许天赐顶灵。双方都不让步。过了两天，双方都觉悟出来，打破了谁的脑袋也怪疼，谁又不是铁做的。于是想到面子问题。设若面子过得去，适可而止，双方一齐收兵也无所不可。直到开吊那一天，大家的眼还全红着，似乎谁也会吃人。到了出殡那天早晨才讲好了价钱，大家众星捧月地把棺材哭送出来，眼泪都很畅利。雷公奶奶把“嫂子”叫得连看热闹的都落了泪，她一边哭一边按着袋里的一百块洋钱票。大白鼻子等也哀声震天，哭湿了整条的手绢。殡很威武：四十八人的杠，红罩银龙。两档儿鼓手，一队清音，十三个和尚，全份执事，金山银山，四对男女童儿，绿轿顶马，雪柳挽联，素车十来辆。纸钱撒了一街，有的借着烧纸的热力直飞入空中。最威风的是天赐。他是孝子，身后跟着四名小雷公。四虎子搀着他，在万目之下，他忘了死的是谁，只记得自己的身份。他哭，他慢慢地走，他低着头，他向茶桌致谢，他非常地郑重，因为这是闹着玩。他听见了，路旁的人说："看这个孝子，大人似的！"他把脸板得更紧了些。直到妈妈入了土，大家都散去，他才醒过来，"妈妈入了土！"他真哭了，从此永不能看见妈妈！他坐在坟地上，看着野外，冷清清的，他茫然——什么事呢？

由坟地回来，天已黑了。天赐很乏了，可是家中的静寂如同在头上浇了些凉水。他的眼、耳、鼻找那点熟识的面貌、声音，与味道。没有了，屋中的东西还是那样，可是空气改变了。没人再张罗他吃喝，甚至没有人再呼吓他。他想起妈妈的好处，连她的坏处也成了好的。他含着泪坐下，他必须是个大人了；已经没了妈妈。他可怜妈妈在那清冷的坟里，正如同他在这空静的屋里。他似乎明白了一点什么。

爸躺在西屋的床上，衣服带着许多黄土，就那么睡着了。他仿佛明白妈而不明白爸了。爸这几天改了样子。他看着爸，那短黄胡子有了不少根白的，脸上多了皱纹，睡着还叹气。这是那慈善的爸么？他有点怕。找了四虎子去。

"我怎办呢？"他问。

"先跟纪妈要点吃的，"四虎子给出主意，"吃完了睡。"

"在哪儿睡？"一切的事都没有准地方了！妈活着，他恨那些规矩；妈死了，他找不着规矩了，心中无依无靠，好似失了主儿的狗。

“跟爸去睡！”四虎子在牛老太太死后显着很有智慧。

丧事的余波也慢慢平静，老头儿把该开付的账都还清，似乎没有什么可做的了。他常和天赐在一块，有的也说，没的也说，这给他一些快乐。天赐在这种闲谈中，得到许多的知识，因为爸说的都是买卖地上的话。对于金钱，他仿佛也发生了趣味。爸的一辈子，由谈话上显出来，就是弄钱。在什么情形之下都能弄钱。跟爸到铺中去看看，伙计们非常地敬重他，称呼他作“少爷”。铺子里的人们收钱支钱，算账催账，他们都站在钱上。妈妈给他的小印，他系在贴身小袄的纽上，可是这个小印已没有多少意义：他想不出做官有什么好处，钱是唯一的东西。钱使爸对他慈善，要什么就买什么；钱使爸厉害，能征服了雷公奶奶。四虎子没钱，纪妈没钱，所以都受苦。他长大了，他想，必须做个会弄钱的人。他买了个闷葫芦罐，多跟爸要零钱，而往罐里扔几个。不时地去摇一摇，他感到这里是他自己的钱。他问四虎子种种东西的价钱，而后计算他已经到了能买得起什么东西的地位。啊，他能买一个大而带琴的风筝了！普通的小孩买不起带琴的！他觉到自己的身份与能力。他很骄傲。他问爸：咱们这所房值多少钱？爸说值三千多，木架儿好，虽然不大。三千多！这使他的想象受了刺动。七毛钱就能买个很好的风筝；三千多！爸必是个有能力的人。爸绝不是马马虎虎的，不是！他必定得跟爸学。“爸，明儿个我长大了，你猜我能挣多少钱？一月一千！”

“好小子！”爸很喜欢，“好小子！”

“爸你挣多少钱？”

“我？哪摸准儿去；做买卖有赔有赚！”

“别赔呀，干赚，不就好了吗？”

“对呀！”爸点着头，十分欣赏儿子的智慧。

可是，“怎么就赚了呢？”

“得长眼睛，”爸的眼睛并不高明，可是说着很有意思，“货缺了就得勒着，货多了就得快放手。做买卖得手快心狠，仗着调动；净凭随行市卖大路货不用打算赚钱！”

“呕！”天赐没都明白了，可是假装明白了。

跑到后院去找纪妈，“纪妈！咱们的米多还是面多？”

“多又怎样呢？”

“少就得勒着，多了放手！”他不但自傲能用这两个词儿，并且觉得他已能管辖纪妈。

“扯你的淡去！”妈妈死后，纪妈没了规矩。

“给你告诉去！”

“去！趁早走！”她知道天赐不肯走。自从妈妈死后，天赐的吃喝冷暖都由她在心。“嗐，我说，你跟我下乡好不好？”纪妈自从由奶妈改为女仆每年回家三四天。现在又该她休息了，她怕没人照管天赐，所以想带着他。

天赐愿意去，他没看见过乡下。“等我告诉爸去，多要点钱，给他们买点点心拿着！”他不自觉地学着妈妈的排场。

爸答应了，并且把太太的旧衣裳给了纪妈些。太太的东西能偷的被雷公奶奶等偷去不少，爸不在乎这些物件，不过不应当偷，所以一赌气给纪妈这些东西。“我爱给谁就给；偷我，不是玩意！”妈一死，爸直添脾气。

正是冬月将残、腊月就到的时候，天赐穿了不知多少衣服，脖上缠了围巾，戴上手套，厚棉裤把腿挤得直往外叉。将出太阳，他和纪妈出了城门。天气还好，太阳虽不很热，幸而没风。纪妈的眼非常的亮，抱着一包零碎衣服，满心的盼望。天赐提着一包儿点心——爸给纪老者买的。出了城门，纪妈雇了两头驴。天赐的心跳开了，他没骑过驴。纪妈很在行，两只脚翻翻着而不登镫，身子前仰后合的而很稳当。天赐被赶脚的搀上去，驴一动，他趴下了身，嘴找了驴脖子去。赶脚的揪住他的腿，重新骑好，纪妈一劲嚷扶着他！驴慢慢走开，天赐的厚棉裤只管旋他的腿，简直夹不住驴，一会儿向前，一会儿向后，有时候要横着掉下去。他的脸发起烧，用力揪住软鞍子，眼盯住驴耳朵。驴晓得这是个外行，一会儿抬起头来闻闻空气，一会儿低下脖子嗅嗅尿窝儿，一会儿摇摇身上，一会儿叉开腿，抽冷子往起颠一下。天赐没有抓弄，觉得两脚离地很高，而头是在空中。走了不远，他的屁股铲了。纪妈说：随着驴的劲儿！他找开了驴劲，驴低他高，驴往前他往后，一会儿离了鞍子，忽然地落在鞍上找不着驴劲，而把自己颠得发慌。他没了办法，赶脚的没了办法，驴倒还高兴。天赐扫了兴，平日净和纪妈夸口，他会这个会那个，原来他治不住一头驴！况且肚子还饿了呢，没有这么饿过！冷空气，驴尿味，和上下的颠，好像使肚子没了底儿。虽然已在家中吃了两个鸡子，可是肚皮似乎已与脊背碰到一处，他好像能看见自己的身子已完全透光儿了。

幸而路旁有个野茶馆，摆着烧饼与麻花。滚下驴来，他吃开了烧饼。嚼着烧饼，他看明白了，原来已到了乡间；一路上他什么也没见，只看见了驴耳朵。啊，这是乡间！他不大喜欢乡间的样子：没有铺户，没有车马，四外都是黄灰的地，远处有些枯树。看哪儿都一样：地，树，微弱的阳光。偶尔有个行人，不是挑着点什么，便是背着粪筐，乡下似乎没有体面的人，也没有闲逛的人。他想城里。城里的烧饼多么酥！他不饿了，把没吃完的烧饼给了赶脚的。

紧走慢走，晌午了才到十六里铺。十六里铺只是一个小村，在田野里摆着，孤苦伶仃的，村外有条大道，通到黄家镇。把着村口有个小铺，破石墙上贴着："你吸什么烟呀？哈德门！"石头很多，路上的石头缝里有点碎马粪渣儿。路旁高起一块好像用石堆起的河堤，堤上有堆着的秫秸与磨盘。门外有的趴着狗，有的站着一两个小孩，都叼着手指，瞪着眼看他们。门上很少有漆的，屋子都是平土顶，墙多半是石块堆起的。没有悦目的颜色，除了有一家门垛上贴着四个红喜字。也没有什么声音，天赐只听见一两声鸡叫；门外有老人晒暖，叼着长烟袋一声不出。处处都那么破，穷，无声无色，好像等着一点什么风儿把全村吹散了。

连树木都显着很穷，树干上的皮往往被驴啃去，花斑秃似的。路旁有个浅坑，坑中水不多，冻成一层黑色的冰，冰上有不少小碎砖块。纪家在坑上的右边，几间小屋在一株老槐树旁藏着，树底下有几只鸡和一只鸭子。驴奔了坑去，孩子们开始跟过来看，大人们也认出来纪妈，大家很亲热地招呼她，可是眼都看着天赐。他滚下驴来，赶脚的把那包点心递给他。他立在坑沿上看着大家，大家看着他，都显着很傻，像邻村的狗们遇到一处那么彼此愣着。

纪老者出来了。他有七十多岁，牙还很齐；因为耳有点沉，眼睛所以特别的精神，四外看看，恐怕有人向他说话。小短蓝布棉袄，没结纽，用条带子拢着，露着胸的上部，干巴巴的横着些铜紫色的皱纹。背微弯了些。

“爹！”纪妈高声地喊。

“哎！哎！”老头子愣磕磕地笑了，眼中立刻有点不是为哭用的泪，“哎！回来了！好！”

“这是福官。”纪妈喊着。

“哎！少爷来了，好！哎，进来吧！长这么高了！”

天赐觉得这个老头儿可爱，他把点心包递过去，可是想不出说什么。

“给你买来的点心，爹！”纪妈扯了爹一把。

“哎，好！好！啊！”爹没的可说，泪落下来一半个，“哎，少爷，还惦记着我，哎，好！进来吧！”

纪妈的男人也出来，跟着三个小孩。他有四十来岁，高个子，麻子脸，不说话。三个小孩都蓬着头，穿着短袄，有两个裤缝里露着鸡鸡的。

一进门，一大堆粪；粪堆旁立着个女人，比纪妈还老，可是小婶。“嫂子回来了？快屋里去吧！”她赶着去掀北屋的厚草帘子。邻居们也全跟进院来，在粪堆前站着看。爹笑着嚷：“都进来坐！进来！”没人动弹。爹又说了：“不进来，就走！”大家还不动。

屋子是一明两暗，很低很暗，土地，当中供着财神爷的纸龛。纪妈让天赐上东间去，一铺随檐大炕，山墙架着一条长板子，板子上放着一锅盖的棒子面饼，像些厚鞋底儿。天赐找不到椅子，只好坐在炕沿上。墙上有不少臭虫血，还有张熏黑的年画——“恶虎村”，他又遇见了黄天霸。看着这张旧画——天霸的刀上抹了一个臭虫——他又茫然了。没想到过，世界上有这样的人家。

老爹在炕与板案之间转了个圈，“给少爷什么吃呢，哎？老大，先煮几个鸡子去！”老大还没说话，出去找鸡子。三个孩子以为爷爷是疯了，低声地问妈：“妈！妈！怎么爷爷要煮鸡子？鸡子不是留着卖的吗？”妈妈用袖子甩了他们一下子。爷爷没听见可是看见了，以为孩子们是要吃食，“哎，吃饼子吧！拿去吃！穷是穷，有饼子就吃，爷爷可不能饿着孩子们！吃去吧！”一人拿了一块饼子，眼还溜着天赐。纪妈已上了炕，“爹，你吃点心吧，少爷给你买了会子！”爹又笑了，“哎，我吃！我吃！少爷还惦记着我！自从你妈妈死的那年，我没吃过一块大饽饽！什么年月！哎，好！”他可是没去动手，眼睛找了纪二娘去，“二的，你去烧水呀。”纪婶看嫂子穿的头蓝布袄，还沿着青假缎子边，都看愣了。听爹喊，她才想起招待客人。“妞子！”爹在炕席底下摸出五个铜子，“快跑，上小铺买两包高末儿去，高的！哎，早年间，家里哪有没茶叶的时候！”他坐在炕沿上，愣起来。

“爹，二弟还没信？”纪妈问。

爹摇头。纪妈的小叔是当木匠的，自从被大兵拉夫拉了去，始终没有消息。小婶很好，只是爱犯羊角疯，没法儿出去做事。

“今年的地呢？”

“什么？”爹没听明白。纪妈重了一回。“呕，地？咱们那几亩冤孽产又潦了，连根柴火也没剩。租的都收得很好，有八成；可是一交了租……哎，不用提了！你那几块子钱，金子似的，金子！可是这不像句话啊，老在外头，算怎回事呢？哎，我老糊涂了，想不出法子来！”

纪妈也不言语了。

老者抹了抹胡子，“回来先喝点水，吃俩鸡子，少爷！乡下，苦乡下，没的吃！”他和天赐招呼着。

纪家的二三十亩地，只剩了那几亩洼地，没人要。他们租着点地种，可是粮食打下来不值钱！

天赐听着看着，他不懂。在家里，爸老是说钱，几百，成千；这里，席底下放着五个铜子！这里什么都没有，鸡子是为卖的！他摸摸袋中，还有一块多钱呢。他摸着那块现洋，半天；拿了出来，顺着光亮的炕沿一溜，眼看着纪妈，“给老头儿吧？”

老爹的眼光更精神了，声儿也更高，“哎，少爷你收着！你已经给我买了点心！我不能收这块钱！姓纪的一辈子豪横，谁叫——哎，谁知这是怎回事呢？你收着，我要是接你的，我是小狗子！”爹向外边喊：“茶还没得呢，怎么了？”

天赐可更莫名其妙了。这些人，穷，可爱，而且豪横；不像城里的人见钱眼开。可是他们穷，为什么呢？谁知道这是怎回事呢？他又看着墙上的黄天霸，在刀上抹了一条臭虫血。

十八　月牙太太

纪家的鸡子特别好吃，真是新下的。饼子也好，底下焦，中间松，甜津津的有个嚼头儿。大妞们善意地送了天赐块白薯，他可没接过来，嫌他们的手脏。

一擦黑大家就去睡，天赐和老头儿在一炕上。老头儿靠着有灶火的那头儿躺下，“少爷，累了吧？歇歇吧！洋油贵，连灯也点不起！哎！”天赐也躺下，原来炕是热的！一开头还勉强忍着，以为炕热得好玩；待了一会儿，他出了白毛汗。仰着不行，歪着不行，他暗中把棉裤垫上，还不行。眼发迷，鼻子发干，手没地方放，他只好按着裤子，身子悬起，像练习健身术。胳臂一弯一伸，肚子上下，还能造一点风。可是胳臂又受不了。把棉袄什么的全垫上，高高地躺下，上面什么也不盖；底下热得好多了，可是上边又飘得慌。折腾了半夜，又困又热又不好意思出声。后半夜，炕凉上一点来，他试着劲儿睡去。

第二天起来，他成了火眼金睛，鼻子不通气。

不行，他受不了这种生活。他想着不发娇，可是纪家的人太脏，他不能受。村里，什么也没有；早上只有个卖豆腐的和卖肉的，据说都是每三天来一次。村口的小铺是唯一的买卖，可是也不卖零吃。纪老头儿急得没有办法，只好给他炒了些玉米花和黄豆，为是占住嘴。村外也没的可玩，除了地就是地，都那么黄黄的；只看见三四株松树，还是在很远的地方。天赐想起年画上有张“农家乐”，跟这个农家一点也不同。这里就没的乐。这里的小孩知道什么是忧虑，什么是俭省，一根干树枝也拿回家去。这里笼罩着一团寒气，好似由什么不可知的地方吹来的。天赐一天也没个笑容。他想家。

住了两夜，纪妈带天赐回了城。纪老者送下他们来，并且给天赐拿了二十个顶大的油鸡蛋。

回到家中，天赐安稳了许多，他一时忘不了纪家那点说不清的难过劲儿；做梦还看见那三个小孩——那个顶小的穿着破花布屁帘，小手拿着块饼子。他细问纪妈关于乡间的事，听得很有趣。乡下是另一个世界：只有人，没有钱。

他要求爸给纪妈长点工钱，爸答应了。爸为什么能这样痛快呢？他不明白。他想象着自己应当是黄天霸，半夜里给纪老头送几块钱去；纪老头是可爱的，可敬的。但这只是想象，没有用处。反过来想到他自己，他又高了兴。他幸而是城里的人，他爸有钱。可是为什么他有钱，别人没有呢？不能想明白了，他只能自庆他的好运气。

过了年他已十五岁，按着年节算岁数。他身上起了些变化：薄嘴唇上的小汗毛稍微重了一些，有一两根已可以用手揪起。喉头也凸出点来，一上一下的很像个小肉枣，说话不那么尖了，脸上起了些红点。身量并没长多少，可是他觉出身上多了一些力量，时常往外涨，使他有时憋闷得慌。他懂得了修饰。自己偷偷地买了瓶生发油，不敢叫别人看见，可是高了兴便叫纪妈闻闻他的头发。很好照镜子，见了姑娘可又不好意思，又愿看又不敢，虽然在镜子中他以为他很漂亮。老多日子也没找“蜜蜂”去，因为那是姑娘。有好些事儿使他心中不安，可是不好意思去问人，连四虎子也不好去问。他觉得自己是往外长，又觉得堵闷得慌。

因为这种堵得慌，他把十六里铺慢慢地忘了。他自己是更值得注意的。世界上只有他自己在变化着玩，仿佛是。他不爱从前爱玩的东西了，他爱块漂亮的小手绢，什么背后画着个姑娘的小镜子，偷着吸了半根“哈德门”，晕了半天。没事就擦皮鞋尖。这时候他更爱乱想，越想越寂寞，有时候觉得搂抱谁一下才痛快。

爸愿他去学买卖，好继承那些事业。他记得妈的遗言，做官比做买卖好。他不能决定。有时候他会为自己打算。及至说到真事，他又不屑于细想了。他是少爷。他有时会装作马马虎虎，“学买卖？”他一笑。没意义。和爸要个三毛两毛的在街上转倒也逍遥自在。

既不去学买卖，又一时不能做了官，总得有点事做似乎才对得起爸。既对得起爸，又不失掉自由，还是去读书。可是学校没意思，老师不好，同学也不好。现在的天赐不是以前的天赐了，不能再到学校去当小菜碟儿；要上学校去的话，他应当做主任！他见过世面了：死过妈妈，顶过灵，上过十六里铺，骑过驴，买过生发油！什么他不懂得？！他不要再上学校。其实呢，他心中也有点怕。两件事使他想起就怕，妈妈的死和学校里的冷酷。顶好还是请位先生，在家里读书，爱读什么就读什么，不必学算数，上体操。

不过，他不能直接和爸说去，他学会了留心眼。叫四虎子去说，要碰了钉子反正是四虎子碰。他还得运动四虎子一下，送给他点礼物。是的，送了礼便好说话，妈妈活着的时候不老这么办吗？

“虎爷！”这是他新创造的名词，很有些男子气，“过了会子年，还没送你点礼物呢！要什么？说吧！”揪起嘴上一根小毛，作为是胡子。

“别瞎扯淡，这两天心里不痛快！”四虎子出的气很粗。

“怎么了，虎爷？”

“怎么了？我不干了，伺候不着！”四虎子越说越上气。

天赐愣了，没有四虎子便没了世界，四虎子不是最老最老的朋友么？

“我告诉你，”四虎子看天赐愣住，心中舒服了些，“自从有你的那年，死鬼老太太就说给我娶亲。今年你十几了？”

“十五。”

“我娶了媳妇没有？”

天赐摇头。

“完啦！我告诉你，钱要是在人家手里，媳妇就娶不上。我看透了！不干了，不伺候了，我四虎子离了牛家还吃不了饭是怎着？！”

天赐看清楚牛家不对，可是不甚明白到底娶媳妇为什么这样重要，至于使四虎子这么着急。设若四虎子必得要媳妇的话，他自己也应当要一个。媳妇不就是姑娘，而姑娘不是很好看么？“虎爷，我跟爸说去，咱们一人娶一个；要不然的话，一人娶俩；大狗子他爸不是有俩媳妇么？”

“别胡扯，”四虎子可是笑了，“我这儿是说真事儿呢。我不能跟别人说，你是我的老朋友，是不是？我就能跟你说。”

天赐板起脸来，心中十分高兴，身上似乎增加了分量。老朋友，一点不错！“虎爷，我真跟爸说去。”

虎爷又觉得不好意思了，“可是，可是，别说是我叫你去的，那多没脸！”

“说谁的主意呢？”

“干脆吹了吧，没媳妇就没有，认命！”虎爷又软了。

“对啦，让纪妈去说！老朋友？好啦，哎！”他点着头，学着纪老者，“我也求你点事。”

“说吧，什么事都行，咱哥俩的话！”

天赐把要请位先生的意思说明，虎爷答应给办。二位老朋友非常的痛快，由天赐出钱请虎爷吃了两串冰糖山楂，代替送礼。

两边的话都到了爸的耳中，爸照例允准，只是没主意。请谁教书呢？说谁家的姑娘呢？俱无办法。

天赐认识个姑娘——蜜蜂，马上推荐。爸觉得很好，蜜蜂已经十六岁，按照云城的办法是满有当媳妇的资格。可是老黑不愿意，嫌虎爷的岁数太多。他愿把蜜蜂给天赐，可是牛老者又不愿意，因为老黑在商界的地位太低。末了还是由纪妈为媒，在十六里铺说了个姑娘，据说人才本事都好，就是嘴不十分好，歪着。虎爷倒不在乎这点，自要人好就行。天赐不大赞成，一听十六里铺他就堵得慌；可是老朋友既然愿意，他也就不便多说，反而想象着十六里铺的好处，“虎爷，那儿还有驴呢，不坏！”亲事就算定了，纪妈兼了媒人，身份猛进。

四虎子是三月里结的婚，天赐在四月才找到了先生。这位先生姓赵，大学毕业，好念书，会作诗，没事做，挺穷。赵先生在学校里教过几次书都失败了，他管不住学生。他的脑袋不知怎长的，整像头洋葱，头顶上立着几根毛儿，他可是很会教天赐。他和天赐说开了：你爱念什么就念什么，不明白的问；不问也没关系。天赐很乐意这么办。每天有一课叫作“思想”，师生相对无语，各自想着心事。想完了就讨论，想不出就拉倒。天赐想改造十六里铺，先修一条马路，赵先生给补上：马路两边得有树和流水。天赐很佩服赵老师，问他一切的问题，老师都有得说。天赐念小说，老师敢情能背《红楼梦》！爸要来查看，天赐就练字，老师教他写魏碑。爸走了，师生就研究林黛玉的性格与习惯。老师会说："你闭上眼想想看！"一闭上眼，天赐很会想象，他看见了黛玉！他很想找蜜蜂去；蜜蜂可是不会黛玉那样呢！大概世界上没有第二个黛玉了，除非再想出一个来。他想，他拿笔瞎写，有一天写了篇《蜜蜂》，赵老师很夸奖，叫他再去看她，回来再写。他找了她去。蜜蜂已长成个大姑娘，脸似乎长了些，也不光着脚，黑眼珠还是那么黑，可是黑得不能明白了。她走路非常的轻巧，大脚片不擦地似的。天赐不敢多看她，她不是先前那样自然了，她会笑出点什么意思来。天赐回来了，皱着稀眉毛想：假如蜜蜂的嘴再小一点，鼻子再长出一分，然后配上那俩黑眼珠？那一定更好看。蜜蜂得光着脚，在河岸上，绿阴凉底下，不出声地轻走！好了，他就这么写了一篇。赵老师说："这就对了，这就是文学，你明白了没有？可是你没写出个主点来，蜜蜂哪儿最好？当然是那对眼，黑的，怎个黑法？"他等着天赐自己想。

"黑得像——墨！"

老师摇头。

"黑得像——夜里！"

老师拍了桌子，"河岸上，绿阴凉下，眼黑得像夜里！天赐你行了，你比我高！你猜我想象什么？像两颗黑珠子。珠子是死的呀，夜会动会流，流到不知道多远，是不是？"

天赐明白了，他也学着作诗，没人管他，他自己会用功。他什么都细心地看，而后去想。他管四虎子太太叫“月牙太太”，因为她的嘴歪；虎爷差点恼了他。虎爷说天下的歪嘴要算他的太太第一，天赐说月牙也只有一个，于是他们照旧是好朋友。

爸很怀疑赵老师到底教了些什么乱七八糟。他和老师谈，老师夸奖天赐有天才。爸不懂。老师拿出天赐的文章来，爸才相信天赐的书没白念，有一篇文章用了六张红格子纸！爸没看说的是什么，数了数字数，够一千五百字！“一千多字！这简直是作论了！”赵老师笑了，“有三年的工夫，他什么也会作了！”

“可也别太累了他，”爸转了念头，“我就有这么一个小子！作论累心哪！”爸信服了赵老师，也替儿子骄傲。逢人必说天赐会作论。天赐也很高兴，遇上爸叫他做点事的时候，他会说：“别，别乱了我的心思，正在这儿作论！”

十九　诗人商人

跟赵先生一年多，天赐在文字上有了很大的进步，写得也怪秀气。爸的铺子的春联都由他写，伙计们向他伸大拇指，他怪害羞的挺得意。

爸承认赵先生是好老师；可是在另一方面，他发现了：书房中的书籍增多了，但是短了别的东西。桌上的瓷瓶、铜墨盒什么的都不见了，天赐使着个小粗碟子当砚台。爸追问四虎子，虎爷不知道。问天赐，天赐笑了。老师没钱买书或别的东西，便拿起点东西去卖掉。

“为什么不跟我要钱呢？”爸糊涂了。

“赵先生说了，屋里东西多，显着乱得慌！”

“可那是我的东西！”爸倒不在乎那点东西，他不喜欢这个办法。

“卖了你的东西和向你要钱还不是一样？”天赐完全投降了赵老师。

“在我的门口卖东西？！”这太丢人了，爸以为。

“常卖着点，老师说，好忘不了穷；穷而后工！”天赐非常的得意，“前天，我把皮鞋卖了，卖了一块半钱；我请老师吃了顿小馆，老师很喜欢！”

“你是我的儿子，还是他的儿子？”爸的脸沉下来。什么都可以马虎，可不是这么个马虎法，这是诚心教坏！

天赐没回答出什么来，他晓得妈与爸的规矩，但是赵老师的办法更有意思。这能使他假装穷，而穷得又不像纪家那样。这是卖了皮鞋去吃小饭馆。赵老师是真穷，天赐得陪着。就是赵老师的穷，虽是真的，也非常的好玩。赵老师会卖了铜墨盒买本小书，而后再卖了书买烟卷。由爸与十六里铺，他明白了钱的厉害；由赵老师，他得到个反抗钱的办法，故意和钱开玩笑。钱自然还是好东西，可是老师的方法使钱会失去点骄傲，该买书的偏买了香烟，用鼻子向钱哼几声！肚子饿了就卖棉袍，身上冷就去偷煤，多添点火，老师有办法，而且挺快活。

爸受不了这个，“好吗，先生还偷东西，教给孩子卖皮鞋？我只懂得买，不准卖！”爸非辞赵先生不可。纪妈以为爸是对的，他们偷煤，而且把没点完的洋蜡放在地上喂老鼠！碟子当了砚台，筷子当作通火的铁条，因为铁条与铲子都没了影！

天赐舍不得老师，而且决定反抗，他现在是十六七的小伙子了，自己很有些主张。他说话已经和大人一个声儿了，嘴上的汗毛也很重，他不能完全服从爸。他本是很喜欢整齐清洁的，因为妈妈活着的时候事事有一定的办法，可是他也爱老师的凡事没有一定，当作诗的当儿还有工夫擦桌子么？老师和他都是诗人，而爸是商人，这是很清楚的；诗人不能服从商人，也是很清楚的。

虎爷怕事闹僵了，出头调停，以后不准他们再卖东西，由他把守大门，担任检查。爸也不要再生气，因为虎爷相信天赐既会作论，将来必能做官。赵老师算是没被逐出去，遇到该卖东西的时候，不等虎爷检查出来，就先声明："出去创造点钱，远远的，不在门口卖！"虎爷也就不深究，因为他也觉得有些东西早就该卖，堆着只管占地方，没别的好处。况且老师卖了东西还请客呢，虎爷常吃他的水果与零食；嘴上得到便宜，眼睛还能不闭上么？

爸还有个不满意的地方——天赐常去看蜜蜂。天赐很喜欢找她去，她现在已是"夜里的蜜蜂"。老黑夫妇没工夫管孩子们，由着他们的性儿反。天赐也跟着他们反，而且和蜜蜂特别的亲密。他不嫌他们脏了，因为他自己也学着赵老师的样子，不再修饰；他那瓶没有用完的生发油早送给了"月牙太太"。他喜欢蜜蜂的什么也不知道；他背诗，他念"记蜜蜂"，她都睁大了黑眼，"哟！挺好听！"他学着小说上的语调对她说："我与小姐有一度的姻缘！"她还是："哟，很好！"她可是长了本事，也会用针给弟弟们缝补袜子什么的，头发上往往挂着点白线头儿，天赐替她取下来，摸摸她的头发，她也不急。下雨的天，她还是光了脚。

爸有回到老黑铺子去，遇上了他们在一块儿玩。爸叫天赐回家。天赐看爸的神色不对，没说什么回了家，和赵老师讨论这件事。赵老师说，没有女的就没有诗，诗人都得爱女人！姑娘是杨柳，诗是风，没有杨柳，风打哪里美起？天赐问老师怎不去找女人？老师说被女人打过一个很响的嘴巴，女人打嘴巴如同杨柳的枝子砸在头上，没意思了。

爸没再提这回事，可是暗中给天赐物色着媳妇；跟老黑家的孩子打连连[①]，没有好儿。

爹近来确是长脾气，他总好叨唠。他爱和天赐闲谈，可是谈不到一处；天赐有时候故意躲着爸，而爸把胡子撅起多高。爸似乎丢了从前那个快活的马虎劲儿。年岁越大越关心他的买卖，而买卖反倒不如以前那么好了。三个买卖在年底结账的时候，竟自有一个赔了的。爸一辈子没赔过，这是头一次。为什么赔了，爸找不出病根来。他越闷气越觉得别家买卖不像话，没有规矩。可是人家那不像话的赚了，他赔！他觉着云城的空气也不怎么比从前紧起来，做买卖的大家拼命地争赛，谁也不再信“船多不碍江”这句话。大家无奇不有地出花样，他赶不上人家，也不想赶；想赶也不会！钱非常的紧，乡下简直没人进城买什么。他相信那些老方法，在相当的程度上他也货真价实。可是他赔了钱。那些卖

① 打连连：勾连在一起厮混。

私货的，卖假货的，都赚。商人得勾结着官府，甚至得联得东洋人。而且大家都打快杓子，弄个万儿八千，三万二万便收锅不干了；他讲老字号，论长远，天天二三十口子吃饭，不定卖几个钱呢！他不明白这是怎回事，正如纪老者不明白乡下为什么那样穷。人家卖东洋货，他也卖，可是他赚不着。人家减价，他也减价，还是没人来买他的。他用血本买进来，他知道那些洋钱是离开了云城，而希望再从乡间送来；乡下只来粮食，不来钱。乡下人卖了粮，去到摊子上买些旧衣服、洋布头、东洋高粱粉条，不进他的铺子来。他一点也不敢再像从前那样大意，他也赶着买，赶着卖，可是赶不上别人。人家包卖一大批胶皮鞋，个把月的工夫干拿走三四万；他批了一角，没人问。人家是由哪儿批下来的？他摸不着门。他赔着卖也没人家的贱。他有门面，人家雇几十人满街嚷嚷。他得上房捐铺捐营业捐赈灾捐自治捐，人家不开铺面。以前，他闭着眼也没错，自要卖就能赚，而确是能卖。现在，他把眼瞪圆了，自己摸着算盘子儿，没用。他只能和些老掌柜们坐在一块儿叹息。他们都不服老，他们用尽心思往前赶，修理门面，安大玻璃窗，卖东西管送去，铺中预备烟卷，新年大减价，满街贴广告，没用。赚钱的就是洋人的买卖，眼看着东洋人的一间小屋变成了大楼，“哈德门”烟连乡下也整箱地去。他唯一的安慰是看着新铺子开了倒，倒了又开；他的到底是老字号。可是假若老这么赔下去，他也得倒！做了一辈子的买卖，白了胡子而倒了事业，他连想也不敢再想了。而天赐偏不爱学买卖！他怎能不叨唠呢？

天赐听说这个赔钱的消息，忙去告诉老师，老师很高兴，“这与咱们有什么关系？不但没关系，而且应当庆祝商业精神的死亡。咱们打点酒庆贺这个？”

“可别叫爸知道了！”天赐小心一些。

“其实他应当欣赏此举。钱在哪儿心就在哪儿。三个铺子都倒了，岂不完全省了心，做了自由的灵魂！”

赵先生说的确是有味，可是天赐到底有点不放心，“假如爸的买卖都倒了，我怎办呢？”

“那有什么难办？一对儿流浪诗人，完了。天下到底是穷人多，我们怕什么呢？”

这个又打动了天赐的幻想：赵老师，蜜蜂，虎爷和虎太太，他自己，都在四处漂流。都光着脚，在树荫下，叫蜜蜂捞点鱼，大家吃吃，倒也自在。这种生活必定比处处有拘束、有规矩强。

尤其使他高兴的是他的一小篇小文，由赵先生给寄到天津一家报馆去，居然在文艺栏里登出来。报馆给他寄来三份。看见自己的名字印在纸上，他哆嗦起来。自幼儿除了虎爷敬重他，到处他受人欺侮，私孩子，拐子腿，被学校开除。现在他的名字登在报纸上！他觉得爸的财产算不了什么，最有价值的是名，不是利。报纸上有自己的名字，大概普天下都知道了。继而一想，也许不能，在十六里铺就没看见有报纸，老黑铺中的报纸只为包裹铜子。云城的人家里，据他所知道的，就很少有书有报的。云城那两份小日报，除了一些零七八碎的新闻，和些大减价的广告，只有剑侠小说还有点人看。赵老师管这些小说叫作“黄天霸文艺”，连报馆都该烧了。可是他自己这种“非黄天霸文艺”有什么用呢，谁看呢？天赐怀疑了：假若没人读，写它干什么呢？还是钱有用，至少比文字有用。这他可不敢和赵老师说。

到了八月节结账，三个买卖全不赚，只将够嚼谷[①]。这比赔了还难过。一个商人的心里只有两面，赚或赔，如同日之与夜。不赚不赔算怎回事呢？说着都丢人。会做买卖的才敢赔。牛老者的气色很难看，他的圆脸瘦了一圈，背弯了许多。可是他还挣扎。夜里睡的工夫越小，他越爱思索。他很想照着从前那样马虎，可是做不到。从前瞎碰出来的成功，想起来使他舒服些，自己一笑；及至拿从前的年月和现在一比，他茫然了。他觉得心中堵得慌。一到天亮他就再也睡不着，起来在院中走遛儿，他咳嗽。

天赐的心软了些。他得帮助爸，爸需要同情。他不能一天到晚做诗人。做诗人不过是近来的事，妈妈管了他十多年，妈妈不是一切都有办法么？

他和爸说了，他决定帮助爸。爸笑了。可是他能帮助什么呢？细一想，他什么也不懂，十六七年的工夫白活。手艺没有，力气没有，知识没有。他是个竹筒儿！该感激的还只有赵老师，

---

① 嚼谷：生活开支。

只有赵老师教给他一些文字，其余的人没教给过他任何的东西。大概他只能等着做官或做诗人了！他没有办法，承认了自己的没用。

算了吧，先睡个觉去！他把头蒙上，睡了个顶香甜的大觉。

二十　红半个天

转过年来，赵老师自动地不干了。他的一本小说印了出来，得了二百五十块钱，“天赐，我创造出钱来了，想上上海；跟我去？”

天赐听到“上海”，心里痒了一阵。但是他不能去，他到底是商人的儿子，知道钱数；二百五不是个了不得的数目。妈妈死的时候，花了一千多，棺材寿衣还不在内。更使他惭愧的是他分三别两，谁的是谁的，妈妈的教训；他不能跟赵老师去，完全花老师的钱。老师要是花他的倒无所不可，他到底比老师阔，虽然钱不在他手里。他向老师摇头。

“二百五十块大洋，在上海可以花几天，”赵老师把烟卷吃到半根就扔了，“上海，醇酒妇人，养养我的灵魂！”

天赐不想说而说出来了：“钱花完了呢？”

"钱既是为花的，怎能不完？完过不止一次了。想当初，爸死，给我留下好多钱，不知怎么就完了。有钱就享受，没了钱也享受，享受着穷，由富而穷，由穷而富，没关系。就怕有了二百五而不花，留着钱便失了灵魂！你不去？吾去也！虎爷呢？得请请虎爷。"赵老师给了虎爷五块钱，没给纪妈任何东西，他不喜欢纪妈。

天赐以为老师必定打扮打扮，既然是"发了财"。至少应整理整理东西，既然是要走。老师没事人似的，吸着烟卷。下半天，老师空手出去了，一直等到吃晚饭的时候还不回来。天赐在书房的墙上找着个小纸条："销魂者唯别而已矣，再见！"据四虎子说，他看见老师出去，可是没说话，眼睛红着点。天赐没吃晚饭。

这次的寂寞是空前的。他不是小孩子了，不能有点玩意就满意地玩半天了。他要朋友，不是学校中拜盟兄弟那种朋友，是真朋友。虎爷与纪妈在感情上是朋友，可是他们与他谈不到一处了。"蜜蜂"也失去魔力，既不"记"蜜蜂了，她由想象中的价值落下来许多；她的美一大半是由他创造的。赵老师走了，没人再陪着他白天做梦玩了，她还是她。过去是一片没有多少意义的恐怖；将来怎样他还不甚关心，可是也不光明，自己到底去做什么呢？他不明白这个世界，云城是这样，十六里铺是那样，怎回事呢？只有赵老师能给他一些空虚的快乐，虽然是空虚的。他似乎看明白了他没法对实际的问题发生兴趣。只有在瞎琢磨的时候，他心中仿佛能活动，能自由。到了真事情上，他不期然而然地要抓住妈妈那些规矩，云城那些意见，爸的马虎。他“自己”想不出高明主意来。他不会着急，蒙头大睡是最大的反抗。

对着镜子，他好像不认识自己了。眉毛多了些，嘴上有一半圈小毛，薄嘴唇有了些力量，鼻子可是不似先前卷得那么有劲了。脸上找不出一些可靠的神气，眼珠黄了些。“自己”是丢失了些，也没地方去找。有时候他坐在书房里，一坐便是半天，想起王老师、米老师，学校那些位老师，和赵老师。他们到底都是干什么的呢？不明白。米老师的嘎唧嘴法使他发笑而又害怕。有时候他想写一点什么，费了许多的纸，什么也写不成。往往一个字使他想一天，结果是蒙头去睡，那一个字断送了一大篇文章，说不定那是多么美的一篇呢！一个字！

这个时候——天赐十八岁——云城起了绝大的一个变动。男女可以同学，而女子可以上衙门告爸爸或丈夫去！自然男女兼收的地方是男的女的都不去，而衙门里也还没有女子告爸爸的纪录，可是有了这么股子“气儿”了。云城在新事情上是比别处晚得许多的。这股子气儿使老年人的胡子多掉了许多根；带着怒气抹胡子是不保险的。妈妈们的心整天在嗓子眼里，唯恐儿女做出不体面的事来。有好多人家的子女就退了学，而学校教员改行教私学的也不少。云城的规矩是神圣的老人们尽了抓钱的责任，所希望于儿女的就是按着规矩男大当娶，女大当聘，而后生儿养女，乖乖的很热闹。年轻的人们，大多数是随着父亲做买卖的，对于这个新事也反对，可是乐意看看：街上有一对男女同行，使他们的眼睛都看流了泪，酸酸的很痛快。干这路新玩意的只是些学生。学生们开会，学生们走街，学生们演说，学生们男女混杂。连被强迫退了学的学生也偷偷地出来参加。不久就由人们造出个名词来——“闹学生”；和闹义和团、闹鬼子、闹大兵的“闹”是一个字。学生们也确是很喜欢这些事，他们跟爸要了钱出来，而后在爸的门前贴上“打倒资本主义”，很有趣。老人们越瞪眼，他们越起劲。

天赐的心跳起来，他看着他们，居然有了穿洋服的！他咽了唾沫。这才是生命！不受家庭的束管，敢反抗，所谈的是世界、国家、社会；云城算得了什么？他忙去理发，理成“革命头”，又穿上了皮鞋，在街上听着看着。他敢看女人了，女人也看他，都是女学生！在打扮上他是可以赶得上他们的，只可惜他不在学校里，不能参加他们的集会与工作。

可是，不久有人来约他了。他不是在天津的报纸上发表过一篇小文么？有人看，他们看过他是文学家。他们得办报，做扩大的宣传，他是人才！天赐驾了云。他有了朋友，男的女的。有个女的被妈妈扯了嘴巴还跑出来，脸上还肿着。这激起他的热情，他得写诗了，诗直在心里冒泡儿。

千金的嘴巴，
桃腮上烧起桃云；

烧吧，烧尽了云城，

红半个天！

天赐作的。挂在大家的口上。有人批评“千金”用得不妥，他为自己辩护，说这是双关语，既暗示出这个嘴巴的价值，又肯定地指出女性；这是诗！他辩论，自傲，想象他的伟大。连赵老师也没他强了，他是革命的，赵老师不过会受穷。他爱国，爱社会，可怜穷人。这在云城是极新颖的事。云城的人没有国，没有社会，穷人该死。他的眼光很远，他是哲人，他不知道自己是怎回事。

“闹学生”正在热闹中间，北方起了内乱。云城人最怕战事，因为一打仗不但买卖受损失，他们还得凑军饷，上临时捐，分认军用票。虽然在战前战后他们可以抬高物价，勒死穷人，但究竟得不偿失，而且不十分像买卖规矩。云城是崇拜子贡的，“孔门弟子亦生涯”，如果能保存点圣贤之道，也不便完全舍弃；假如不能，也就无法，不是他们的错儿。他们永远辨不清这些内战是谁跟谁打，也不关心谁胜谁败，他们只求军队不过云城；如若过来，早早过去。他们没有意见，只求幸免。如有可能，顶好挂挂日本旗子。

听说军队已到了黄家镇，一催马便是云城。使天赐大失所望。学生们不闹了。他还在想象中，正在计划一些宣传的文章。不知怎的大家都散了。他在想象中，对于真事的觉到就比别人迟得多。他在真事中，他比别人的主意少得多。大家散了以后，有人说已听见了炮声，他才醒过来，一点主意没有。

爸忙起来。他不怕炮声，听惯了。他怕炮打了他的铺子。爸忙叫天赐去帮忙，天赐插不上手，也插不上嘴。他在这时节既不能作诗，又不能做事，只会给人家添乱，一着急会平地绊个跟头。他饿得比别人早，还得别人伺候着。在忙乱中他不自觉地讲款式；他忘不了妈妈的排场与规矩，除非在想象着当野人或诗人的时候。伙计们尊敬他、伺候他，他是少爷。他觉得这也倒还有趣，闹学生他是人才，闹大兵他是少爷，左右逢源。

自要战事在云城一带，谁都想先占了云城；这个城阔而且好说话：要什么给什么，要完了再抢一回，双料的肥肉。兵到了！多数的铺子白天已关上，只忙了卖饼的，县里派烙，往军营里送。饼正烙得热闹，远处向城内开了炮。城内的军队一手拿着大饼，一手拿着枪，往城墙上跑。有的双手都拿着饼，因为三个人抱一杆枪。城外的炮火可是很密。打了一天，拿大饼的军队势已不支，开始抢劫；正在半夜，城的各处起了火。牛老者在家中打转，听着枪声，不住地咳嗽。远处有了火光，他猜测着起了的地方，心里祷告着老天爷别烧他的铺子。天赐很困，但也睡不着，他看着爸，心里十分难过，可是想不出怎样安慰爸来。纪妈，虎爷夫妇，也全到前院来，彼此都不愿示弱，可是脸上都煞白。

“福隆完了！”爸欠着脚向南看，“一定是！”爸哆嗦起来。

“不能……不能是福隆！”大家争着说。

"我的买卖，我还不知道在哪块？是福隆，三十多年的买卖！虎子，你扶我上墙看一眼！"爸哆嗦得很厉害，出入气很粗，可是他要上墙去看。

"爸，我去！"天赐不能不冒险了，枪子还直飞呢。

"你去看吗？你那两只眼！"爸不信任任何人的眼。

天赐没法，他只知道福隆在南街上，真测不出距离来。

爸非上墙不可，福隆烧起来，他只能对枪子马虎了，他必须亲眼看看去，他准知道福隆是在哪角。

天赐拿着灯；虎爷扶着牛老者，登了一条长板凳。爸上不去，他哆嗦，张着嘴，头上出着冷汗。扶着虎爷的手，他喘；憋足了气，借着虎爷的力量，上去一只腿。就那么一脚在上、一脚在下地歇着，闭上了眼。他积储力量呢。猛的，他那哆嗦着的手握紧虎爷的，想再上那一只脚。啪啪啪啪一阵机关枪！虎爷也出了汗："下来吧，鸡冠子枪！"老头不语，一手扶墙，一手握住虎爷，还往上去。到底他上去了，咳嗽了一阵，手在墙头上抓着，死死地抓着，他看见了。南街的道东，红了一片，大股的黑烟裹着黑团与火星往高处去；黑团与火花起在半空，从烟中往下落；烟还往上升，直着的，斜着的，弯弯着的，深黑的，浅灰的，各种烟条挤着，变化着，合并着，分离着。忽然一亮，烟中多了火花火团，烟色变浅。紧跟着火光低下去，烟又稠起来，黑嘟嘟地往上乱冒，起得很高，把半天的星斗掩住。空中已有了煳味。那是福隆和它左右的买卖。没有人救火，自由地烧着。他像木在那里，连哆嗦也似乎不会了，只有两只眼是活着，看着三十多年的福隆化成一大股黑烟，弯弯着，回绕着，凶勇而又依依不舍地往北来，走着走着还回回头。

虎爷虽然是双手扶着他，架不住他的上半身猛地往下一倒，他摔了下来。天赐叫了一声，灯落在地上。全是黑的，只是天上隐隐的有些浮光，飞着纸灰。

二十一　人面桃花

战事完了。云城果然红了半个天，应了天赐的诗句。爸的福隆只剩下点焦炭与瓦块。重要的账簿与东西，在事前已拿了出来；货物可全烧在里面。爸从前的马虎是因为他有把握，那是太平年月，眼看着福隆完了，他觉得无须再活下去了。这几年他不敢马虎，而结果反倒是这样，对于买卖与他自己完全不敢信任了。火是无情的，枪子是没眼睛的，他的老年是在火与枪弹中活着，没想到过！他病了一大场。

天赐多少日子也没到书房去，他不能再作诗。他对不起爸，不应当作那“红半个天”的句子。他对不起云城，南街北街烧了两大片，最热闹的地方成了土堆。在作诗的时候他小看云城；当云城真受了伤，他反倒爱它了。不该诅咒这个城，他觉得。他不敢多上街去。营商是他所不喜欢的，但是随便把别人的房子烧了，他简直没想到过；他后悔作过那样的诗。他到底是爸的爱子，感情使他怜惜着爸。他很细心伺候爸，唯恐爸就这么死了。妈妈是为替他争气而死的；不能再把爸咒死。他觉出他的矛盾来，可是没法调和；爸的病是真的，不能因为爸的志愿不高尚而不管，他没有那样的狠心。听着爸在床上哼哼，他不能再逃往诗境；生死是比柳风明月更重大的，虽然他不甚明白关于生死的那些问题。

学生们耻笑他，说他开倒车去尽孝道。赵老师来信，说他不同来上海是他的不伟大；干什么就干什么；脚踏两只船是不可能的。天赐不理他们，由他们说去，先看爸的病要紧，这是种责任。

爸的病慢慢地好上来。没人在他面前敢提“福隆”。他自己反倒笑了，“你们都不提福隆，好！其实，算什么呢？在病里我琢磨出来了：我没本事，一向马马虎虎，运气叫我赚了俩钱。后来我打算不马虎了不是，福隆倒连根烂了。我不明白，我也不想明白。还是马虎好，老了老了，何必呢？！”

他虽是这么说，大家谁也不信。及至他能出去活动活动了，总绕着走，不由福隆的火场经过。他拄上了拐杖，一边走一边和自己说，白胡子一起一落像个白蝴蝶。他念道“福隆”呢！

爸能出去活动，天赐也又有了事做。他加入了云社。这是云城几家自古时就以读书做官为业的所组织的诗社。社里的重要人物的门前差不多都悬着“孝廉”“文元”等字样的匾。他们走在县衙门前咳嗽得更响亮，走在商会事务所外鼻子哼出凉气。他们的头发虽剪去，可是留得很长，预备一旦恢复科举好再续上辫子。他们的钱都由外省挣来；幼年老年是在云城，中年总在外边；见过皇上与总统的颇有人在。他们和云城这把儿土豆子没来往。天赐本没资格加入云社，可是经小学的一个同学的介绍，说他是孝子，并且能诗，虽然是商家的子弟，可是喜欢读书，没有一点买卖气。所以他们愿意提拔他。这个同学——狄文善——虽也才二十上下岁，可已经弯了腰，有痰不啐，留着嗽着玩。云社是提倡忠孝与诗文的，所以降格相从许天赐加入。云社每逢初一十五集会，他们不晓得有阳历。集会是轮流着在几家人家里，也许作诗钟[①]，也许猜灯谜，也许作诗，有时候老人们还作篇八股玩玩。天赐这又发现了个新世界，很有趣。这里的人们都饱食暖衣的而一天发愁——他们作诗最喜欢押“愁”“忧”“哀”“悲”等字眼。他们吸着烟卷，眼向屋顶眨巴，一作便作半天，真“作”。什么都愁，什么都作。天赐第一次去，正赶上是作诗，题是“桃花”。他学着他们的样子，眼向上眨巴，“作”。他眼前并没有桃花，也不爱桃花，可是他得“作”。大家都眨巴眼，摇头，作不出。他觉得这很好玩，这正合他的胃口，他专会假装。他也愁起来。愁了半天，他愁出来四句：“春雨多情愁渐愁，百花桥下水轻流，谁家人面红如许，一片桃云护小楼。”他自己知道这里什么意思也没有，纯粹是摇头摇出来的。假如再摇得工夫大一些，也许摇出更多的愁来。他不能再摇，因为头已有点发晕。及至一交卷，他

① 诗钟：旧时文人的一种限时吟诗文字游戏。

知道他有了身份，这些老人——原本没大注意他——全用一种提拔后进的眼神看他了。他开始以为他的诗有点意思，可惜头摇得工夫小了些！老人们爱那个“愁渐愁”。有个老人也押“愁”字，比天赐的差得多——“流水桃花燕子愁”。可是大家闭上眼想了半天，然后一齐如有所悟：“也很深刻！”老人自己想了想，“谁说不是！”天赐也闭眼想了想，或者燕子也会愁，没准。

除了作诗以外，天赐还看到种种的新事，人家屋中有古玩，有字画，果盘中摆着佛手。人家喝茶用小盅，一小盅得喝好几次。人家说话先一咧嘴，然后也许说，也许不说。人家的服装文雅，补丁都有个花样。人家不讲论饭馆子，而谈自家怎样做小吃。人家的笑带钩儿，还带着“我看不起你”的意思。人家什么事都有讲究。人家称呼他“赐翁”！

他也得那样，当然的。这些人与赵老师不同而且更好了：赵老师不讲究衣服，这些人也穿得很随便，可是这些人在不讲究中有讲究；他们把绸子做里，而拿布做面，雅。赵老师三个月不理发是常事，这些人的发也很长，可是长得有个样子，不使油而微有些香水味。他们不穿皮鞋，可是穿丝袜子；老式的千层底缎鞋，丝袜，有种说不上来的调和与风雅。这是妈妈的办法，而加上点更高的审美，这像桂花，花朵不鲜明而味儿厚。天赐爱这个。妈妈对了，人是得做官，离开云城去做官，见过皇上或总统的人毕竟不凡。这些人看不起白话文、白话诗，连读小说都讲究唐人作的。他很惭愧他作过白话诗。这些人看不上男女同行，他们讲究纳妾，纳妾好作诗，风流才子。他们不问他的家事，不问家中有什么财产；他们偶尔谈到钱，是说有件古玩已见过二千五还没卖。他们能拿起件古东西而断定真假。他们差不多都会画山水，自己夸奖着，他们懂得医术，自己能开方配丸药。他们提到一个人，先说一大套官衔，哪年哪月升的，哪年哪月撤差，都丝毫不乱。他们管本县县长叫“徐狗子”。

他回家就脱了皮鞋。看屋里，俗气通天！登上椅子把“苏堤春晓”的镜框扯下来，扔在厨房去。他得去设法弄字画，如一时没有钱买古玩的话，佛手是必须摆上的。他自己的服装是个问题，即使爸给钱，他不晓得怎样去做，也叫不上来那些材料的名儿来。

狄文善给他出了主意，叫他到元兴估衣铺去买几件“原来当”的老衣服，如二蓝实地纱袍子，如素大缎的夹马褂；买回来自己改造一番，又经济又古气。狄文善随着他去，给他挑选，给他赊账，再给他介绍裁缝铺。天赐没钱没关系，狄文善愿借给他；要不然，狄文善就全给他赊下，到节下把账条直接送给爸——一个才子给爸拉点账是孝道的一种，天赐爱这个办法，这可以暂不必和爸直接交涉，等账条到了再说。狄文善什么都在行，而且热心；什么老铺子都赊得出东西来，而且便宜。铺子里都称呼他“二爷”，他们给二爷沏茶，让二爷吸烟，陪着二爷闲谈。二爷要赊账，他们觉到无上的光荣。二爷弯着点腰，看他们的东西都有毛病，他咳嗽着，摇头，手指轻弹着象牙长烟嘴。二爷挑好东西只说一句“节下再算”。他们把二爷送到门外。

天赐打扮上了，照了照镜子——不像样！扁脑勺，拐子腿，身腔细，穿上古装，在满身上打转；真像穿上了寿衣。二爷给他出主意，“弯着点腰，以软就软，以松就松；再摇着点，自然潇洒。”天赐摇起来，果然是脱了俗气，和吕洞宾有点相似！初在街上摇摆，大家看他，他要害羞；和二爷走了两趟，他的鼻子利用原来的掀卷顶到了树尖上去，闻着仙人在云中留下的香气。他的脚尖不往一块碰了，因为用脚踵走，走得很慢很美。扇子之类的小零碎，在云城不易买到古式的，二爷有时送给他点小玩意，有时卖给他。卖给他的，并不当时要钱，也不说价，二爷不是商人，“先拿着用吧；这把扇子还是祖父在杭州做官时买的，画得好，写得也不坏。扇股可别用汗沤，这是斑竹，可不同普通的竹子，把花纹沤黑了可糟！”二爷是真朋友，什么都教给他；为他，二爷赔了好多钱。生活也确是有了趣味，什么都做，而做得不伤神；什么都谈，谈得很雅。他们一同到城北去垂钓——绝不能说钓鱼——二爷的鱼竿值三十多块钱，二爷说！钓着鱼与否全没关系，为是养神。天赐真觉得必须养神，不趁着年轻力壮养神，什么时候才养呢？二爷的鱼虫是在瓷罐里养过一个多月的，用湿细草纸盖着，通红，像一条条的珊瑚枝。钓了半天，二人才钓上一寸多长的一对小“柳叶”，可是有多少诗意呢！

天赐也到二爷家中去。二爷的姐姐比二爷大着两岁，是个才女，会画工笔牡丹，会绣花，会吹箫。二爷的母亲很喜爱天赐。去过两趟，老太太就许他见见才女。才女出来周旋了两句就进去了，可是天赐以为是见了仙女。才女叫文瑛，长长的脸，稳重，细弱；两道长细眉，黑而且弯。穿得随便而大雅。文瑛是她父亲在广州做官时生的，父亲死在任上，她会讲广州话！狄老夫人顺口答音地把天赐家中情形都探了去，（没问，是顺口答音地探。）而后二爷透了点更秘密的表示，假如这三位才子联为一家……天赐落在一种似恋非恋的境界里，又想起来“我与小姐有一度姻缘”。可是没法叫她知道了；她不常见他，偶尔给他一两声箫听听！他得作诗了，“如此箫声疑梦里，桃花一半在云间！”他哼唧着，摇着头，落在枕上一两点养神的泪，因为睡不着。

狄老夫人非常地厚待他，有什么不对的地方也委婉地说他，她说：“我拿你当作亲儿子！”她告诉他说话要小心，举止要大方，帽子别着了土，鞋底边得常刷点粉，衣服该怎么折，茶要慢慢地喝。“在我这儿都可以随便，咱们这样的交情；在别人家就得留点神，是不是？”她找补上。他很感激，他就怕人家笑话他是商人的儿子。到别人家去，献上茶，他干脆不喝；渴就渴，不能失仪！在狄家他稍微随便一些，既然狄老夫人对他那么亲热。有时候狄家来了客，他可以不走，而躲在二爷屋中去。文瑛会在这种时节给他端一小碗八宝粥，或是莲子羹来。“怕老妈子手脏，我自己给你端来了。”她把碗放下，稍微立一会儿，大方而有意地看他一眼，轻轻转身，走出去。天赐不再想回家。

这些，他都不敢让爸知道。他的古装不在家里穿。虎爷看见了他的打扮，他告诉虎爷：“这便宜呀，旧的改新；你摸摸这老材料够多么厚，十年也穿不坏，省钱！”没法子，对虎爷不能不说这种无诗意的话，饶这么说，虎爷还直吐舌头。

最放心不下的是那些账条。设若到年底，爸忽然接到它们而不负责还债，怎办？怎办？他假装马马虎虎，可是不能完全忘掉。他甚至于想起个不肯用，而到万不得已时还非用不可的办法：赵老师的钱的创造法——偷东西去卖。这个不是高明法子，也有点不体面，但是为自己在外边的身份与尊严，为这种生活的可爱，到必要时还非这么干不可。即使得罪了爸，也不能舍弃这种生活。这是在云间的生活，高出一切。他开始觉到人应当有钱。爸的弄钱是对的，不过不应那么花。人须先有钱，而后像云社的人们那样花，花得有趣而没有钱声与钱味。钱给他们买来诗料。

更使他不忍舍弃这种生活的自然是文瑛。一个会画会写的女子在家里！一对儿才子才女！天天在一块儿作诗，替桃花发愁，多么有趣！文瑛必是爱他的，他想。不是女学生那种随便交际，而是尽在不言中的一点幽情；那碗八宝粥！把爸的钱都花了而得到她，也值。他念《西厢记》，送完粥，临去秋波那一转！他的想象使他的全身软起来，他觉得自己该变成个女的——安静，温柔，多情，会画工笔牡丹，多愁善病。绝不能再做黄天霸了，那可笑。他得是张生，贾宝玉多情多得连饭都可以不吃，身子越瘦越会作诗。人得像蝴蝶似的，一天到晚在花上飞。他愿化为蝴蝶，一个小小的黄蝶，专爱落在白牡丹上！他得偷爸的东西，好当蝴蝶。

二十二　家败人亡

爸的病始终没好利落，好几天，歹几天；他自己向来不会留神，稍好一点他便想吃口硬的，吃了便又不舒服。他不想恢复福隆了，没那个精神；那两个买卖，他也不大经心，他得恢复他的马虎，这可是另一种马虎，一种不能不承认自己的衰老的马虎。这种马虎是会杀人的。

天赐十九，爸七十。天赐愿给爸办整寿，他有了会写会画的朋友，他得征求寿文寿诗寿图，以减少爸的商人气，而增高自己的名士身份。爸打不起精神干这个，可是也不便十分拦阻，这是儿子的孝心。他已给儿子还了不少的账——连狄二爷那把扇子开来账条——爽性叫儿子再露一手。他还那些账的时候，不能不叨唠几阵，可是同时心中也明白，儿子不是为吃喝嫖赌花了，是为制衣服买东西，虽然那些破东西没有一样看上眼的。他想开了，儿子本是花钱的玩意，不叫他这么花，他会那么花。他看不起云社那群“软土匪”，可是他们也有用处：商会办不动的事，他们能办，他们见县官比见朋友还容易。儿子不和他们打拉拢，很好；能和他们瞎混，也好。这年头做买卖不是都得结交软土匪与官场么？随儿子的便吧，他管不了许多。天赐的婚事倒是常在他心里，他怕儿子被云社那群人吃了去，真要娶个官宦人家的小姐来，那才糟。他自己吃过了亏。他自己年轻的时候，也是迷着心，而老太太的娘家父亲爱上他的和气与财力，非让他做女婿不可。他一辈子没翻过身来。他并不恨老伴儿，可是想起来不免还有惧意。结婚最保险的办法是女的比男的穷，身份低；驸马爷至多会唱四郎探母！是的，他得赶紧替天赐张罗着，趁着自己还有口气。先办寿，后办婚事，花吧，反正自己还有多少年的活头？福隆都烧了，身子落在井里，耳朵还能挂得住？

天赐比妈妈又厉害了，先排练虎爷，“虎爷，有人来找我，你站在屏风门外喊‘回事’，明白不？等我答了声，你再向外喊，‘请’。然后拿着客人的名片，举得和耳朵一边齐，你，在前面，叫客人跟着，不要慌，慢慢地走，眼看着地，会不？来，练习一个！”

虎爷想了想，“咱哥俩说开了，我不会；就是会，我也不来这套，明白不？你要是不要我的话，吹！我不会耍猴儿玩。告诉你，你那头一对哗啷棒是我给你买的，不是揭根子，我懂得交情。我就是不干这路钩套圈，明白不？”

天赐的脸都气绿了。可是没法对付虎爷，虎爷到底是他最老的朋友。他也没有辞去虎爷的能力；虎爷要是想揍他一顿，还真就揍。云社的人们是不讲打架的。天赐把这口气咽了，过了一会儿反觉得自己很有涵养。同时云社的人都很夸奖他，他们决定下次集会讨论牛老者的寿文问题。他们非常的热心，愿把次好的字画陈设借给他用，给他出主意，替他去跑腿。他们就是喜欢别人按照他们的排场办事，他们赔上俩钱也愿意；赚几个更好。他们可是暗示给他，到办寿那天他们不能去贺寿；和些商人混在一处是破例的事，他们不肯破这个例。他们可以在正日子的前一天来，假如天赐愿意给预备几桌精细酒饭的话。天赐觉得这是一种优遇，不是污辱。他希望女眷也能来，目的是在文瑛。假如文瑛肯来，他与她的关系就能更亲密一些。他确信这是个好机会。他可是不敢去明说；私下里写个短笺更多危险。他先求她画张牡丹，再说别的。他不敢猛进，仿佛更明白了什么是愁与《西厢记》。

爸的寿日的前三天，爸的精神很好，叫纪妈做了点汤面，吃完，想到铺中看看，刚要走，来了个伙计，告诉他：“源成银号倒了。”

“什么？”爸的眼直了。

“源成倒了。”

爸没说出第二句话，就瘫在那里。

天赐慌了，忙叫虎爷帮着把爸抬到床上，而后去请医生。医生没给开方，告诉他预备后事。

爸就那么昏昏迷迷，挺在床上，呼吸很慢可是很粗，白胡子一起一落，没有别的动作。

爸不信服银行，他的钱全交在源成，一个山西人的老买卖。自从广东的“稻香村”顶了山西人的干果店，浙江人也顶了山西人的银号。可是源成没倒；几次要倒，都是谣言；牛老者没有信过一回这种谣言：“源成要是倒了，就没了天下！”他笑着说。他不信那些新事儿，什么保火险，买保险箱，他都不干。他只信源成，源成在他年轻的时候已经是老买卖；况且源成确能使他信靠，交钱支钱，开个汇票，借个三千五千，全没错儿，而且话到钱来，没有银行那些啰里啰唆。源成真倒了，没了天下！他什么也不知道了。他的俩买卖能不赔不赚的维持；源成拿着他的命。

天赐想不到这些，他着急，可是还迷着心做那个官样的寿日。他只信医生一半话，还希望爸会起来，仍然做七十整寿。他看着爸，爸睁了几次眼，都没说出什么又闭上了。爸的手已不能动。到了半夜，他开始怕起来，爸的呼吸更困难了，眼睛已不再睁开。他又看到了死，死又使他清醒过来，“虎爷，爸不好！”他的泪随着下来。他希望爸——像妈那样——跟他说几句话。爸一辈子没说过什么漂亮的，可是爸可爱，爸是真爱他。哪怕胡说几句话呢，他愿听听爸的最后的声音。死时而一语不发比死还难堪，爸不是还有点呼吸么？他不由得叫出来：“爸！爸！”爸连眼也不睁！“爸！你说一句！”爸不语！他觉到许多地方对不住爸，他不应当看不起爸；爸要死，而他无从跟爸说他的过错！爸真的是可爱的。纪妈和虎爷主张给爸穿寿衣，以免死后倒动。他不肯，他不肯那样狠心拿活人当作死人待，爸还有气儿呢。可是他扭不过他们去，寿衣找出来，刚穿上褂子，爸已不再呼吸。他放声地哭起来。妈死的时候没使他这样伤心，并不是爸的身份与智慧比妈高，不是；爸可爱，不管他是商人还是强盗。

怎办呢？他没主意，他想坐在爸的身旁看着，看到永远；或是去睡觉。他不能去睡。他必须出主意，妈死的时候有爸操持一切；现在，爸也找了妈去，只剩下他自己。他知道这个，可是没办法。虎爷，虎爷是他的老友，他要求虎爷。虎爷没放声哭，可是泪始终没干，头上出着冷汗。虎爷从十二岁就跟着爸。爸死，虎爷把以前的委屈都想起来，况且以后他没了家——牛家就是他的家。

虎爷出了主意，先到铺子取点钱，然后通知亲戚。天赐怕那群亲戚，但是没法不通知。对于取钱，他想多取一些，这场丧事必须办得体面，像预定的办寿那样体面，这才足以对得起爸，爸的钱还给爸用。

虎爷一清早就出去了，先去取钱。只取来二百！他和铺子里打听明白了：铺子有“账”：人家欠铺子，铺子也欠人家，做买卖本是一种活动周转。爸死了，欠人家的债得还，而账本上人家欠铺子的未必能要进来。这么一翻身，两个铺子所有的货、钱，未必够还债的。源成是倒了，存的钱已连根烂，而且没地方再周转去。两个买卖都得倒。天赐傻了，他不懂买卖，他以为买卖就是平地挖钱。怎么他也没想到买卖会要倒。他更觉得爸不应死，可是已经死了！他想到云社那群朋友，他们必定有主意，他至少还有两所房屋。房子可以不要，爸的丧事必须办得风光，只有这个可以补上一点孝心，等爸入了土不就太晚了么？他嘱咐虎爷去请亲友，也请几位云社的人，主要的是狄文善。他似乎很有把握了，有云社的朋友来，亲戚们便不敢闹，朋友们是随便可以见知县的。朋友们来必定会指着两所房弄些钱来，他必须为父亲花一两千。

虎爷跑了一天。晚间，天赐希望来几个人；没个人影。第二天，铺子来了几个人，慌忙着又走了，只留下两个学徒帮忙。天赐等着近亲来到好入殓；没个人影。寿木是早已预备下的，爸自己看的木料。没人来，只好按时入了殓，连虎爷也哭放了声。

接三[1]，除了铺中来了几位，还有两三家远亲。别人都没到。

源成倒了的消息早已传遍全城，跟着就是牛老者死的消息。谁肯来吊丧呢？云社的人本和天赐没关系，他们提拔天赐，因为他好玩，而且知道他有钱。现在他的钱没了，还理他作甚？他们不提“钱”这个字，可是关于钱的消息比谁也灵通。近亲更不用提，对于钱的来去比人的生死更关心多多了。他们都知道了，何必再来烧纸吊孝，白费些钱？他们等着呢，等天赐卖房时再说，他自要敢卖房，他们就有个阵式给他瞧。他如不卖，他们会叫他

---

① 接三：旧时人去世后三天的祭祀仪式。

卖。他们盯着那两所房；死几个牛老者也没大关系，他们才不来白赔眼泪。

送三的时节，天赐哭得死去活来，冷清清的只有他一人穿着重孝，虎爷落着泪搀扶着他。几个伙计腰中围了孝带，手中拿着长香。和尚在空静的街上打着乐器，打得极快。后面跟着几个看热闹的孩子。送三回来，虎爷已熬了两夜，倒在条凳上就睡去。两个学徒和纪妈虎太太商议好分着前后夜。灵前跳着点烛光，天赐坐在一旁，眼哭得干巴巴的疼。他都明白了：钱是一切，这整个的文化都站在它的上面。全是买卖人，连云社的那群算上，全是买卖人，全是投机，全是互相敷衍，欺弄，诈骗。他不应当看不起爸，爸是对的，况且爸还慈善呢，至少是对于他。他不恨任何人了，只恨他自己，他自己没有本事，没有能力，他仗着爸的钱去瞎扯淡，他不知将来怎样，没主意。小小的个人，已经看到两次死，死是总账。他想起妈妈，和那颗小印。妈妈嘱咐他做官，爸临死什么也没说，他到底去干什么呢？干什么不都得死么？他不再想了，死是总账。他就那么坐着打开了盹儿。他看见过去的事和爸，迷迷糊糊的。猛一点头，他醒了，爸在棺材里，他在棺材外，都像梦。和尚又回来念经，他继续打盹，可是不能再迷忽地看见什么。

出殡依然冷落，没有几个人。爸挣了一辈子钱，妈妈的殡反倒那么风光！他已哭不出，只和虎爷一边走，一边落着泪。走到狄家门口，文善文瑛都在门口站着呢，就那么站着，没有任何表示。文瑛设若躲进去，也还算有情。她不动，正和街上看殡的人一样冷静，她似乎绝不认识天赐。他认识了自己，“天赐，你什么也没有，除了爸那几个钱；现在钱完了，你什么也不是！”

出了城，“杠”走得非常的快。爸和妈并了骨。他的泪又来了，爸和妈全永远埋在这里，只有那个坟头是他们曾经活过几十年的标记，像两个种子深深埋在地下，只等腐烂！他捉不到什么，什么都是坟地样的空虚。

他怕回家，那个空家。但是必须回去，家到底是个着落。可是，不久这个着落也得失去！他和虎爷回来，虎爷是他唯一的朋友。虎爷不会作诗，没有排场，不懂什么，可是有一颗红的心。

铺中掌事的等着他呢，买卖是收与不收，听他一句话。收呢，马上报案；不收呢，他得有办法；他如能周转钱去便可以不收。他没有那个能力，也没心程做买卖。收！

家中怎办呢？他独自带着虎爷与纪妈过日子么？吃什么呢？房必须出手。卖去大的，再买所小的。纪妈得回家，虽然极舍不得她。平日和纪妈并没怎样的好感，现在可舍不得她，她是他的乳娘，自幼把他看大。前途是暗淡的，他想捉住过去的甜蜜，他爱老朋友。但是纪妈得走，没法子。他亲自送她到城外，给她雇上驴；走出老远她还在驴上掩着脸哭呢。他不能放走虎爷，虎爷也不想走。“不怕，不怕！”虎爷红着眼皮说，“咱们有法子，不怕！”

决定卖房子，房子就分外的可爱，没有一个犄角儿没有可纪念的事儿的，他闭着眼摸也会摸不错任何东西，它们都有历史，都可爱。

可是房契在哪儿呢？虎爷不知道，天赐不晓得。虎爷知道牛太太活着的时候，是在她手里；她死后，谁知道牛老者把它放在什么地方了呢？虎爷到铺子去问，大家都笑起来，铺子岂是存房契的地方？他回来，和天赐翻箱倒柜地找，找不到。爸是马虎人。

“虎爷，”天赐在爸死后头一次笑，“我看出来了，大概就是这点家具准是咱们的，别的全糟了！”

“不能，”虎爷仿佛是有把握，“不能！契纸一定在家呢，慢慢地找！”

什么地方都找到了，没影儿。天赐好像觉得这怪好玩了，“别是叫老鼠拉去了吧？”

虎爷没说什么。

买卖报了歇业，连福隆的地皮卖出去，仅够还账的。过了个把月，消息传到天赐的耳中，房契是在铺子掌事的手里，爸交给他的。他已经跑了，用契纸押了三千块钱。房契还在云城，没有三千块钱赎可是回不来。天赐得马上搬家，人家要房住。

天赐反倒笑了，“虎爷，我说什么来着？别的少说，咱们找房吧。”

虎爷以为天赐的嘴不吉祥，但是事实真是这样，他也只好拿出笑脸来，“不怕，咱们把东西卖巴卖巴，租个小房，再想办法，活人还能饿死？”

天赐虽不能高兴，也不太悲观，开始写小纸签，该卖的都贴上，没签的是留下来的。狄二爷卖给他的那把扇子也贴上了小纸条！爸的衣服，他舍不得，“虎爷，我仿佛觉得这些衣服还有热气呢，不能卖！”

“你是玩呢，还是干真事呢？”虎爷问。

天赐没回答出来。

待了半天，虎爷想起来了，“你是爱玩；想当初你抓周的时候，抓的是哗啷棒。”

二十三　隐士卖梨

正在整理东西，有人来找虎爷，说他的老丈母娘在城外等着他呢，有很要紧的事。虎爷走了，天赐独自看看这个，动动那个，信手地贴小签儿。

进来一伙人，雷公奶奶领头。天赐一看见她就木住了，好像虾蟆见了蛇。一个男人把月牙太太困在后院，另一个男人把天赐拉到门口，“看着我们搬东西，一出声或是一动，你看这个！”袖口中露出个刀子尖，在天赐的胁部比画了一下。门口放着辆敞车。

天赐不敢动，呆呆地看着男女们往外搬运东西，搬得很快。雷公奶奶噘着尖嘴，仰着头，一趟一趟地搬，很有仙气，看着看着，天赐感到了趣味，他欣赏他们给他的地位——大家好像都是他的仆人，而他监督着他们给搬家呢，他的身份很高。虽然刀子始终没离开他的身旁，可是他觉得他须及时地享受，他微笑着，有时还帮句嘴儿："掉地上一把扇子，老太太。"他惹不起他们，可是他会想象着乐观。

人多好做事，不到一顿饭的工夫，细软的东西和好搬的小件已装满了车。袖里藏刀的那位很客气地代表大家对他说："大件的木器给你留着，咱们是亲戚，不能赶尽杀绝，是不是？再见吧！"

天赐以为这种客气几乎可以媲美云社的人们，他也不能失礼，"谢谢诸位！要是愿意的话，再拉一趟吧！"

"那就不必了，大家都很忙，没那个工夫，再见。"

大家依依不舍地分了手。

桌子大柜，箱子什么的都留在原处；柜中箱中可是都空了。椅子一把没留。墙根上落下一把扇子——狄二爷卖给他的那把。天赐拾起扇儿，心中茫然。月牙太太从后院跑来，厨房并没动，只搬走了两口袋面。天赐不愁，也不生气，低着头在屋中走遛，一点主意与思想都没有。

虎爷回来可愣了，"调虎离山计！哪儿有什么老丈母娘呀！你就老老实实地看着他们抢？"

天赐觉得"调虎离山"用得十分恰当，"不老实着怎办呢？肋条上有把刀子！"

虎爷又开始点东西，看看有多少木器；再说，堆房里还有些零七八碎呢。天赐拦住了虎爷，"虎爷，歇歇吧，怎知道他们不再回来拉木器呢？"

"敢！再来？人命！"虎爷气得脸都紫了。

“那才合不着。好腻烦，睡会儿去！”天赐上了西屋，床上的被褥已经搬了走，他就那么躺下去。

虎爷虽然不怕出人命，可是也不敢找雷公奶奶们去，她们是牛家的本族，他怎能够管。他只好马上把木器们撮出去，能卖多少钱卖多少，别等他们真再回来。厨房的东西留下一部分，还留下床和两只箱子，其余的全卖。他上街去找旧货贩子，叫虎太太锁上大门，非等他回来不开。

那么些东西只卖了一百五十多块钱，还是三家合股买的，云城好像要穷干了。虎爷准记得那张条案是三十多块买的，可是人家说得好：“现在谁要这种老沉货呀？谁花三十多买一张桌子呀？东西是好哇，可是得在手里压着，一辈子未必有个买主。你这是老人家了！”这末一句称赞使虎爷落了泪。老人家了！虎爷狠了心，卖；总比又被人家抢了去强，虽然这比被抢也差不了许多。

有了这点钱，天赐又有主意，他计划着，想象着，比如他和虎爷开个小铺子，或是一同上上海，主意太多了，他也说不上哪个较比的好。这么乱想使他快活；他看着妈妈的箱子与爸的床被人抬走本想要哭。虎爷不撒手钱，并且告诉天赐少瞎扯淡。虎爷有主意，他先去租三间房，然后再讲别的。叫月牙太太把钱票给他缝在小褂的里面，他出去找房。天赐觉到虎爷的能干，好吧，随他办吧；有人办事就好，他自己只会想象。

房租好，虎爷买了两把椅子，因为椅子都被人抢去。桌子就用板子支搭，用不着买。厨房的东西一点不缺，搬过去马上可以做饭。就剩了搬运。天赐的脸白起来，泪在眼中转；这真得离开家了！就剩了那么点点东西！他舍不得那两株海棠，舍不得那个后院——练镖耍刀的宝地！不能白天搬，妈妈活着肯白天搬家而只搬着两只空箱与一些碎煤么？妈妈是可爱的，那些规矩是可爱的，妈若是活着，不会落到这步田地，不会！就是爸活着也不能这么四大皆空。他曾反抗妈，轻看爸；如今，他自己就是这样！他不许虎爷白天搬运，等太阳落了再说，反正东西不多。他不怕别的，还不怕云社的人看见么？

虎爷不听这一套，“你不用管好了，我们俩搬；你看看门横是行了吧？”

天赐独自看守大门，不能再闹玄虚了，这是真事！他恨他自己，什么本事也没有，连点力气都没有，到底是干什么的呢？只会玩，只会花钱，只懂得一点排场，当得了什么呢？他应当受苦，他没得怨。

不大会儿虎爷夫妇已把东西运完，看房的也来到，该走了。天赐不肯迈那个门槛，这一步便把他的过去与将来切开，他知道。十九年的生活舒适饱暖，门槛的外边是另一个世界。他不肯哭，可是泪不由得落下来。他瘫软在那里。虎爷也红了眼圈，一把扯住天赐，连拉连扯地走了出去。他们都不敢回头，门洞中两块石墩有什么样的黑点都清清楚楚的在他们心里。

虎爷租的三间屋是西房，院中大小一共七家儿，孩子有三十来个。最阔的是邮差，多数是做小买卖的，还有一家拉车的。炉子都在院里，孩子都在院里，院里似乎永没有扫过。三间西屋的进深非常的小，要是摆上张大八仙桌便谁也不用转身。虎爷用木板支了张长案，正合适。进身小，可是顶子高，因为没有顶棚。墙上到处画着臭虫血。天赐住北边那间，虎爷们住南间，当中做厨房。

天赐受不了这个。窗户上的纸满是窟窿，一个窟窿有一只或两只眼看着他，大概院中的孩子们有一半都在这儿参观呢。“扁脑勺儿”“还穿着孝呢”，大家观察着报告着。虎爷已经很累，倒在床上睡了，好像这三间屋子非常可爱似的。天赐也倒在床上，看着屋顶的黑木椽，椽上挂着不少尘穗。

他睡不着。想到在云社的人们家里集会，作诗，用小盅吃茶，他要惭愧死。

虎爷醒了，出去买吃食。他们夫妇吃窝窝头，单给天赐买了三个馒头。菜就是炒咸菜。天赐看见单给他买馒头，生了气，“为什么看不起我呢？我能吃粗的！”

“好吧，以后不再给你单买。”

天赐放在口中一块窝窝头，“好吃；这不跟十六里铺那饼子是一样的面吗？很可以吃。”

“吃过三天来就不这么说了，”虎爷还把馒头送在天赐的手下，“说，咱们干什么呢？”

“咱们？”天赐又要施展天才。

“别胡扯，说真的！”虎爷迎头下了警告。

“真的？我没主意。”

“咱们这儿还有一百多，做个小买卖怎样？”

“叫我上街去吆喝？”天赐不觉地拿起馒头来。

“我吆喝，你管账，摆个果摊子；我会上市。”

“叫我在街上站着？”

“还能在屋里？”

“我不干！”天赐不能在街上站着卖东西，“我会写会作，我去谋事，至少当个书记。”

“哪儿找去？”

天赐不晓得，“要是饿死的话，我是头一个，我看出来了。”

“实话！”虎爷一点也不客气，“你是少爷，少爷就是废物，告诉你吧。”

天赐没法儿反抗，他真是废物。他那个阶级只出小官、小商人，和小废物。他怕虎爷生气，虎爷是唯一的，也是最好的朋友。把虎爷再得罪了，他大概真有饿死的危险。他答应了，做小买卖吧，谁叫他自己没主意呢。既答应了这个，他又会思想了；他就怕没主意，一旦有了主意——不管是谁的——他会细细地琢磨。他会设身处地地推想。自要他走入了一条道，他便落了实；行侠作义，做诗人，当才子，卖果子，都有趣味。趣味使他忘了排场与身份，这是玩。他想开了：老黑铺子北边就不错，那里短一个果子摊，而且避风；赶上有暴雨，还可以把东西存在老黑那里。想起这个，便想起“蜜蜂”，应该看看她去，她也是老朋友。

吃过了饭，他立在屋门口看着街坊们。他觉得这群人都也有趣，他们将变成他的朋友，他也要做小买卖了。他们都没有规矩，说话声音很高，随便跟孩子瞪眼，可是也很和气，都向他点点头，让他屋里坐，连妇女也这样。他们吃饭就在院里，高声地谈他们自己的事：什么使出张假钱票，什么蒙了个五岁的娃娃，他们都毫不羞愧地，甚至于是得意地，说着。天赐很容易想出来：城里的都是骗子，钱多的大骗，钱少的小骗，钱是一切。只有一个真人好人，据他看，纪老者。纪老者不骗人。他想起纪妈，她还进城来不呢？

虎爷没工夫管邻人们，他忙着筹备一切。天赐插不上手，只会出些似乎有用又似乎没用的计划，他想象着由果摊就能变成个果局子，虎爷做掌柜，他还可以去作诗。他得把摊子整理得顶美观，有西瓜的时候得标上红签，用魏碑的字体写上“进贡蜜瓜”。他得起个字号，“冷香斋”！诗人的果摊！他非常的得意。

正是四月天气，市上没有多少果子。虎爷打了两“炮”樱桃，一些萧梨，香蕉，和青杏；配上点花纸的糖，红盒的葡萄干，也倒还像个摊子。天赐主张把青杏摆在小碟子上，盖上菠菜叶。虎爷没那个心肠。虎爷大概地把货物摆上，天赐看不上眼。等虎爷家去吃饭，他把筐上的竹箍扯下来，削成细签。然后从新摆弄果子，摆成塔和各种堆儿，果子不服从命令要滚，便用竹签互相地插上，仿佛做豆细工似的。梨上还插上个红樱桃，颇为美观。虎爷回来差点气疯了，“把梨都插烂了，你是怎回事呢？你？”天赐不再管了，偷了点钱，去买了几本小书，坐在摊后，他细心地读念，称呼自己为“隐士”。他是姜太公，有朝一日必有明君来访，便做宰相。可是赶上他独自看摊子的时候，来了买主，他很会要价，该要一毛的，他要四毛，人们不还价就拉倒，要是还一毛五就多赚着五分。这是他从院中的邻居们学来的，他以为这很对。大家既都是骗子，做小买卖的吃了前顿没有后顿，便更应当骗，骗得合理。爸有好多钱还想再赚，白了胡子还一天到晚计算，何况只摆个果摊呢。高兴的时候，他很会讲话，拿出他说故事的本领，运用着想象，他能把买果子的说得直咽唾沫，非马上吃个梨不可。他的梨治一切的病，“老太太，拿上一堆，一堆才十五个，专压咳嗽！看这小梨，颜色是颜色，味道是味道。先尝一个，买不买不要紧。我拉个主顾！地道北山香白梨。”老太太不为自己吃，是给孩子们买。他登时改了口：“小孩吃这个顶好了，专消食化水。”老头儿，小伙子，大姑娘，都必吃他的梨；他的梨连猩红热都能治。说着说着，他自己也真信了他的话，他也得吃一个，因为觉得有点头疼。吃完一个果子，顺手打开一盒葡萄干，看着书，随便地捏着吃。赶上他不高兴，什么都是一毛钱一堆，拿吧。遇上老黑的孩子们从这儿过，果子是可以随便拿的。孩子们专会等虎爷不在摊上由这儿过。有时候被虎爷看见，天赐会说：“我给他们记着账呢！”

由孩子们的口中，他知道“蜜蜂”已出嫁，两个大男孩已在铺中帮老黑的忙。现在这一群是后起之秀；老黑自己也不准知道自己有多少孩子了。“蜜蜂”出嫁，嫁了个纸铺的伙计。天赐心中有点不得劲，拿了两包糖给孩子们：“给蜜蜂送去！”

二十四　狗长犄角

在杂院中，天赐明白了许多事儿。邮差住着北屋，身份最高，不大爱理人，早晚低着头出入，好像心中老盘算门牌的号数。几个做小买卖的是朋友；虎爷既也做买卖，所以他们对他很亲热，彼此交换着知识，也有时候吵起来，吵完便拉倒，谁也不大记着谁。拉车的身份最低，可是谁也不敢惹他，他喝俩钱的酒，随便可以拼命。大家对天赐显着客气，都管他叫“先生”。他越对他们表示好感，他们越客气。他身上有股与他们不同的味儿，仿佛是。妇女们看他在院中便不好意思赤了背。他学着说他们的话，讨论他们的事，用他们的方法做事，用他们的推理断事；他到底是他，他们不承认他是同类。他们的买卖方法不尽诚实，他们得意自己的狡猾，可是他们彼此之间非常的像朋友。为一个小钱的事可以打起来；及至到了真有困难，大家不肯袖手旁观，他们有义气。他们很脏，不安静，常打孩子。天赐看出来，这些只是因为他们没有钱，并不是天生来的脏乱。他们都有力量，有心路，有责任心，他们那么多小孩都是宝贝，虽然常打。他不如他们，没力量，没主意，会乱想。他们懂得的事都是和生活有密切关系的，远一点的事一概不懂。他们是被一种什么势力给捆绑着，没工夫管闲事。手抓来的送到口中去。他可怜他们，同时知道自己的没用。他们管他叫“先生”，是尊敬，还是嘲笑呢？他不能决定。

他想郑重地帮助虎爷，他必须变成他们中的一个。端阳节到了，虎爷红着心做一笔生意，除了果品，还添上粽子，连月牙太太也忙起来，她得管洗米、泡枣、煮叶，和包粽子。买卖确是不错，天赐高兴起来，把书本放下，一天钉在摊子上。他的脸色红起来，吃饭也很香，力量也长了。他觉出自己有了真本事。邻人们都称赞着：“先生有点劲头了！”他不爱这个“先生”，而暗喜自己长了力量。节前，东屋老田夫妇打起来，他过去拉劝，为是试试自己的力气；被田家夫妇把他揍在底下；架打完了，他还在地上趴着呢。大家都觉得对不起“先生”，而“先生”也承认了自己是“先生”。

节下的前一天，街上异常地热闹。虎爷在太阳出来以前就由市上回来，挑着樱桃桑葚红杏。月牙太太包了半夜的粽子。天赐也早早起来，预备赶节。满街都是买卖的味儿，钱锈与肉味腻腻的塞住了空中。在这个空气里，天赐忘了一切，只顾得做买卖，大家怎么玩，他会跟着起哄的。他头上出着汗，小褂解开纽，手和腕上一市八街的全是黑桑葚的紫汁，鼻子上落着个苍蝇。他是有声有色地做着买卖，收进毛票掖在腰带上，铜子哗啦啦地往笸箩里扔，嘴里嚼着口香蕉。稍微有点空儿，便对着壶嘴灌一气水，手叉在腰间，扯着细嗓：“这边都贱哪，黑白桑葚来大樱桃！”他是和对过的摊子打对仗：“这边八分，别买那一毛的，嗨！”虎爷是越忙越话少，而且常算错了账，“又他妈的多找出二分！”天赐收过来，“那没关系，我的伙计，明儿个咱们吃炖肉！哎，老太太要樱桃？准斤十六两[1]，没错！”正在这么个工夫，他一回头，狄文瑛在摊旁站着呢。她还那么细瘦，眉弯弯的，稳重。她没向他点头，也没笑，就那么看了他一眼，不慌而很快地走开。

天赐木在了那块，忘了他是做买卖，他恨做买卖！一声没出，扣上他三毛钱的草帽，走了。

走了一天，到落太阳才回来。

虎爷恨不能吃了他，“你上哪儿啦？！”

他不出声，戴着草帽收拾东西，皱着眉头。

第二天是节下，他告诉虎爷他歇工。

“你歇工？我揍出你的粪来！你怎回事呀？”

“不怎回事，做买卖没我！”

① 旧时重量单位一斤等于十六两。

月牙太太怕二人吵起来，“得了，帮帮忙吧，明天再歇工；不卖今天卖几儿个？！瞧我了！”

天赐的心软了，“好吧，就帮今儿个一天！”

“你简直不是玩意！”虎爷是真着急。

“别说啦，走吧！”虎太太给调解着。

过了十点钟，应节的东西已卖得差不离，天赐想起炖肉，“虎爷，收了吧；下半天还有买卖吗？家去吃肉。”

虎爷答应了，他以为天赐是想起往年过节的风光；钱已卖满笸箩，虎爷也会体恤人。

“真想给纪妈送点东西去！”天赐一边收拾，一边念道。

“过了节的。家里的该住两天娘家，你送她去，就手看纪妈。我也歇两天，反正现在也没什么可卖的。节后得添酸梅汤了，是不是？”

正这么一边收摊，一边闲扯，摊前过去个人，高身量，大眼睛，小黑胡子，提着两个点心匣子。他看了天赐一眼，天赐也看了他一眼，觉得面熟。他可是走过去了。走出没有多远，他又回来了，站在摊旁看着虎爷。虎爷以为他是买东西的，拿出收摊子不再伺候的劲儿，不去招呼。

“你是虎爷吧，我的银儿？”高个子说。

“什么？王老师？！”他们一齐地跳起来，“留了胡子？！”

“可不是我！”大眼睛瞪圆了，拉了拉袖子，“哪儿都找到了，找不着你们。福隆没了，别的买卖倒了，房子别人住着，听说老头老太太都过去了。怎么回事儿？怎么回事儿？”

他俩争着要说，谁也不再顾得收拾东西。

“这儿不行，走，吃饭去，我的请；不请你们是个屌！”王老师先起下了誓。

“也得等把东西收起去？”虎爷说。

“也得家去告诉虎太太一声儿去？”天赐说。

“怎么？虎太太？有小老虎没有呢？快收，虎爷你收，天赐你家去言语一声，咱们在外边吃；回来再看虎太太去。”

天赐向来没跑这么快过，摔跟头也不怕，因为不怕也就没摔。到了家，在窗外只说了：“王老师请吃饭。”磨头就往回跑。

虎爷已把东西寄放在老黑那里。王老师的点心本是给牛老者买的，也暂放在那里。三人去找饭馆，节下都歇灶，只有家羊肉馆照常营业。

“将就了吧，”王老师领路，“改天再请吃好的。”

王老师一定请他们点菜，怎说也不行，非点不可，他们是真点不上来；王老师喊得和打架一样。他们胡乱地要了俩，王老师又给补上了八个。然后问他喝什么酒。天赐不会喝，虎爷也没多大量。王老师自己要白干，给他们要了点黄酒。

“一晃儿十几年，嘿！”王老师看着天赐，“在街上不敢认，不敢认！虎爷也改了样，可是还能认得出。我自己也老多了，老多了！”他抹了抹黑胡子。

王宝斋确是老了些，可是还那么精神；脸上胖了些，配上小黑胡子，很像个大掌柜的。他发了财。拿着牛老者的一千块钱，他上了天津，也不短到上海。他什么也干，自要赚钱他就干。他私运东洋货，偶尔也带点烟土，受朋友的托付也代销赃货。可是他也越来越厚道，对于朋友。拿黑心赚钱，可是用真心交友，到处他是字号人物。他始终没忘了牛老者。要不是那一千块钱，他无论如何也倒不过手来。那一千块钱，加上他自己的运气，他就跳腾起来。这次，他特意来看牛老者。他不能把那点钱汇来，他得亲自送上，牛老者对他有恩。

他问天赐的事。天赐像说故事似的述说了一遍，虎爷随时加上点短而确当的补充材料。王老师一面让他们吃菜，一面给他们想主意："卖果子不像回事呀！"

他以为源成是连根烂了，那俩买卖也无从恢复；那两所房还能弄回来。可是也有困难，既是押出去当然有年限，就是马上有钱赎也不行。再说，赎回来也没用，"俩卖果子的住两所大房，不像话！你们可别多心，咱们是老朋友！吃菜！"只有一条好办法，干脆把房子出了手：要是典主愿意再出点钱呢，一刀两断，房子便归了他。他要是不愿意呢，或是找钱太少呢，就另卖。这自然很麻烦，因为契纸没在天赐手里。可是也有办法，王老师有办法；非打官司不可呢，也只好打它一场。王老师去给办，他现在眼皮子很宽，他有人有钱，官司打输了——就打算是输了——也得争这口气。

"一卖，本家又来呢？"虎爷问。

“都把他们锁到衙门去，”王老师的脸已喝红，一劲儿扯袖子，“衙门里咱有人，军队里咱有人，好虎爷的话，咱王宝斋为朋友不能含糊了！老山东有个牛劲！”

吃过了饭，王老师的小褂湿得像水洗了的，擦了五把手巾。“你们上哪儿？”他们没地方去，“这么着吧，干你们的去，咱们明天不见后天见。我去看几个朋友。要找我的话，南街南头万来栈。那两匣点心，你们拿家去，我就不到老黑那里去了。先替我问虎太太好！你们住在哪儿？”

天赐借笔给老师写下住址。老师已是五十多的人，眼已有点花，掏出大水晶墨镜看了看，“我说你有聪明，看这笔字，我要不给你找个文墨事儿做，我是个屌！”他开发了饭账，就手给了虎爷十块一张的票子，“给虎太太买点什么吃。”

天赐们回了家。吃得过于饱，在道上就发了困；躺在床上，可又睡不着，他想着王老师。起来，得和虎爷谈谈，“虎爷，老师真能给找个事吗？”

“哪摸准儿去！”虎爷也困眼矇眬的，“给她，一给十块；没我的事！”虎爷已把十块钱给了月牙太太，他不能扣下她的。

“要是找着事，咱们可就不用做买卖了？”

“八字还没有一撇，先别闹油！”

“咱们先来包小叶喝喝，横是行了吧？”

“那倒行，我也怪渴的，烧羊肉太咸了！”

月牙太太的月牙更斜了，她张罗给买小叶去，她有了十块钱，袋里藏着呢。

“你要是把那十块钱丢了，不把你打成小叶，你踢着我走！放下！”

月牙太太把票子给了天赐，“你给我拿着，我得先做件褂子，看我这件，看！”

“你们是一路货！”虎爷下了总评语。

“我要是做了官，虎太太，”天赐故意地气虎爷，“给你做件纱的！”

喝过了茶，二人全睡了。虎爷鼻子眼上爬着三个苍蝇，他利用打呼的力量把它们吹了走，而后又吸回来。天赐床上的臭虫为是过节，白天就出来了，他会用脊背蹭，把臭虫碾碎。他们睡去，虎太太由天赐的袋中掏出票子来，上了街，去买布——三个人一人一件大褂料，她并不自私。

等了两天，王宝斋没露面。天赐嘬不住劲儿了。可又不好意思找老师去。就是去也得买点礼物，这是规矩。跟虎爷商议。虎爷也怕王老师鲇溜了，可是反对送礼。天赐是非带着礼物不去。折中的办法是把卖剩下的果子挑好的装一筐，二人都同意。到了万来栈，王老师还没走，可是出去了，不一定什么时候回来。天赐稍微放点心。

第五天头上，栈里的伙计找他们，说王先生在五福居等着他们呢。二位都穿上新大褂，连虎爷也不抱怨月牙太太了，新大褂到底是体面。

五福居是云城最出名的饭馆，有几样拿手菜，苍蝇特别的多，老鼠白天就在地上跑。五福居发财都仗着这苍蝇与老鼠，不准打；一打它们，买卖准出毛病。

王老师在间雅座里看苍蝇们彼此对追玩呢，“来了，伙计们？坐，宽了大褂！我说，我已经定了几个菜，你们还要什么。客气是个屌！”王老师的真诚是随时用起誓封起来的。

酒饭吃个不离，王宝斋开始报告：“房子还是归了典主，这省点事，虽然伤耗俩钱儿。两所房按现在的市价，值五千五，卖不上六千，云城穷啊！押了三千，总算他妈的会押；现在人家愿再找一千五。一千五就一千五吧，咱们不是等着钱使？这算是停妥了，只等你去画押，天赐。这有了一千五，是不是？吃菜！我呢，欠牛老者一千，他连利钱也没要过，好银儿！一年按一分利算，我就欠着你，天赐，连本带利两千多，是不是？喝一盅！我不多还，也不少，还你二千五，行不行？算在一块儿，这是四千。”王老师喘了口气，把一小碟菜扒拉在嘴里。“这四千，我可不能交给你，你不用瞪眼；吃菜！我想好：给虎爷五百，开个小果局子。”

“哼，先摆着摊子好。”虎爷说得很不响亮，因为嘴里堵着一口菜，“买果子的里里外外，我还没全摸着门；拿摊子试手也好。再说吧，一个大摊子并不比小局子的买卖小。”

“不管你怎样吧，反正给你留下五百，对给个铺子，哪时用哪时取。合着咱们还有三千五。天赐你有聪明，我想了，你应当念书去。跟我上北平，到那儿我把你安置好，你上你的学，我去干我的。钱，我给你存在银行里，一年取五百，四年是二千。这二千存活账，那一千五存长期四年，毕了业好手里有俩钱。钱是你的，花多少可得由着我；一年五百足足的够了。是这么着不是？”

天赐的心要跳出来，北平！上学！一年五百！可是，“我连中学都没上过呀！”

“那没关系！”王老师瞪着眼，“没关系。我虽不懂学校的事儿，可是常来来往往，常有人托我办这路事。北平有卖文凭的地方，买一张中学文凭。前些日子我还替孙营长的少爷买过一张。买了文凭就去报考，自要你交钱，准考得上。咱们熬个资格，你有聪明！做买卖你不行，天生来的文墨气儿，是不是？”

“咱们什么时候走呢？”天赐的心已飞出去。

“过两天，听我的信儿。”

“把虎爷搁在这儿？”天赐舍不得虎爷。

“你带着他干吗？放假的时候不会来看他吗？”

吃过饭，大家又分了手，天赐的鼻子又卷起多高来。虎爷家去整理天赐的铺盖，天赐和他要了几块钱在街上转转，得置办点衣裳。

小摊上有身白布洋服，长短合适，只是肥着些，天赐花了两块钱买下。又买了条东洋领子，一条花蛇皮似的领带，运回家来。叫月牙太太给他浆洗了，他把裤子趁着潮劲放在褥子底下，躺在床上压了半天。一边躺着一边盘算：还得买汗衫，皮带，皮鞋，洋袜……还得要钱。

虎爷又给了他十五块钱。他不赞成这鬼子衣裳，可是天赐就要走了，不能再勒着他。二十年的工夫，看他长大的，虎爷心里很难过，不能还不往外掏钱。

制买齐全，天赐上了装。白洋服像莲蓬篓，不抱着腰，而专管和袖子摩擦。领子大着一号，帽子后边空着一指，无风自转。裤腿短点，露着细腿腕，一挺胸就掀上一大块来。皮鞋可是很响，花领带也精神。虎爷说："真够洋味，狗长犄角！"全院的精神也为之一振，"先生"发了洋财，孩子们向他嘀里嘟噜，作为是说洋话。天赐要笑又不好笑，把手放在裤袋里，心中茫然。

虎爷送他们上车，给天赐买了盒避瘟散，怕他晕车。火车一动，他的泪落下来。天赐平地被条大蛇背了走。直到车没了影，虎爷还在那儿立着呢。

天赐后来成了名，自会有人给他作传——不必是一本——述说后来的事。这本传可是个基础的，这是要明白他的一个小钥匙。自生下到二十岁的生活都在这里。我们可还是不晓得他的生身父母是谁；大概他的父，也许他的母，是有点天才的。以上所记的很可以证实这一点。聪明是天生带来的，至于将来他怎样用他的聪明，这里已给了个暗示。这是个小资产阶级的小英雄怎样养成的传记。

我怎样写《牛天赐传》

《牛天赐传》，就是和我自己的其他作品比较起来，也没有什么可吹的地方。一篇东西的好坏，有许多使它好或使它坏的原因。在这许多原因里，作家当时的生活情形是很要紧的。《牛天赐传》吃亏在这个上不少。我记得，这本东西是在一九三四年三月二十三日动笔的，可是直到七月四日才写成两万多字。三个多月的工夫只写了这么点点，原因是在学校到六月尾才能放暑假，没有充足的工夫天天接着写。在我的经验里，我觉得今天写十来个字，明天再写十来个字，碰巧了隔一个星期再写十来个字，是最要命的事。这是向诗神伸手乞要小钱，不是创作。

七月四日以后，写得快了；七月十九日已有了五万多字。忽然快起来，因为已经放了暑假。八月十号，我的日记上记着：“《牛天赐传》写完，匆匆赶出，无一是处！”单是快，也还好。

还有别的不得劲的事呢：自从一入七月门，济南就热起，那年简直热得出奇；那就是我“避暑床下”的那一回。早晨一睁眼，屋里——是屋里——就九十多度①！小孩拒绝吃奶，专门哭号；大人不肯吃饭，立志喝水！可是我得赶文章，昏昏忽忽，半睡半醒，左手挥扇与打苍蝇，右手握笔疾写，汗顺着指背流到纸上。写累了，想走一走，可不敢出去，院里的墙能把人身炙得像叉烧肉——那二十多天里，每天街上都热死行人！屋里到底强得多，忍着吧。自然，要是有个电扇，再有个冰箱，一定也能稍好一些。可是我的财力还离购置电扇与冰箱太远。一连十五天，我没敢出街门。要说在这个样的暑天里，能写出怪像回事儿的文章，我都有点不信。

天气是那么热，心里还有不痛快的事呢。我在老早就想放弃教书匠的生活，到这一年我得到了辞职的机会。六月二十九日我下了决心，就不再管学校里的事。不久，朋友们知道了我这点决定，信来了不少。在上海的朋友劝我到上海去，爽性以写作为业。在别处教书的朋友呢，劝我还是多少教点书，并且热心地给介绍事。我心中有点乱，乱就不痛快。辞事容易找事难，机会似乎不可都错过了。另一方面呢，且硬试试职业写家的味儿，倒也合脾胃。生活，创作，二者在心中大战三百几十回合。寸心已成战场，可还要假装没事似的写《牛天赐传》，动中有静，好不容

① 指华氏度，华氏九十度等于三十二点二摄氏度。

易。结果，我拒绝了好几位朋友的善意，决定到上海去看看。八月十九日动了身。在动身以前，必须写完《牛天赐传》，不然心中就老存着块病。这又是非快写不可的促动力。

热，乱，慌，是我写《牛天赐传》时生活情形的最合适的三个形容字。这三个字似乎都与创作时所需要的条件不大相合。“牛天赐”产生的时候不对，八字根本不够格局！

此外，还另有些使它不高明的原因。第一个是文字上的限制。它是《论语》半月刊的特约长篇，所以必须幽默一些。幽默与伟大不是不能相容的，我不必为幽默而感到不安；《吉诃德先生传》① 等名著译成中文也并没招出什么“打倒”来。我的困难是每一期只要四五千字，既要顾到故事的连续，又须处处轻松招笑。为达到此目的，我只好抱住幽默死啃；不用说，死啃幽默总会有失去幽默的时候；到了幽默论斤卖的地步，讨厌是必不可免的。我的困难至此乃成为毛病。艺术作品最忌用不正当的手段取得效果，故意招笑与无病呻吟的罪过原是一样的。

每期只要四五千字，所以书中每个人，每件事，都不许信其自然地发展。设若一段之中我只详细地描写一个景或一个人，无疑地便会失去故事的趣味。我得使每期不落空，处处有些玩意。因此，一期一期地读，它倒也怪热闹；乃至把全书一气读完，它可就显出紧促慌乱，缺乏深厚的味道了。

---

① 今译《堂吉诃德》。

书中的主人公——按老话儿说，应当叫作“书胆”——是个小孩儿。一点点的小孩儿没有什么思想、意志，与行为。这样的英雄全仗着别人来捧场，所以在最前的几章里我几乎有点和个小孩子开玩笑的嫌疑了。其实呢，我对小孩子是非常感觉趣味，而且最有同情心的。我的脾气是这样：不轻易交朋友，但是只要我看谁够个朋友，便完全以朋友相待。至于对小孩子，我就一律地看待，小孩子都可爱。世界上有千千万万的受压迫的人，其中的每一个都值得我们替他呼冤，代他想方法。可是小孩子就更可怜，不但是无衣无食的，就是那打扮得马褂帽头像小老头的也可怜。牛天赐是属于后者的，因为我要写得幽默，就不能拿个顶穷苦的孩子作书胆——那样便成了悲剧。自然，我也明知道照我那么写一定会有危险的——幽默一放手便会成为瞎胡闹与开玩笑。于此，我至今还觉得怪对不起牛天赐的！

就在这儿附带声明一下吧。前些日子，我与赵少侯兄商议好，合写“天书代存”——用书信体写《牛天赐续传》。可是，这个暑假里，我俩的事情大概要有些变动，说不定也许不能再在一块儿了。合写一个长篇而不能常常见面商议就未免太困难了，所以我俩打了退堂鼓，虽然每人已经写了几千字。事实所迫，我们俩只好向牛天赐与喜爱他的人们道歉了！以后也许由我，也许由少侯兄，单独地去写；不过这是后话，顶好不提了。

一九三六

图书在版编目（CIP）数据

牛天赐传 / 老舍著 . -- 北京：作家出版社，2023.4
（老舍经典作品）
ISBN 978-7-5212-2152-7

Ⅰ. ①牛…　Ⅱ. ①老…　Ⅲ. ①长篇小说－中国－现代
Ⅳ. ① I246.5

中国版本图书馆 CIP 数据核字（2022）第 253976 号

牛天赐传

作　　者： 老　舍
责任编辑： 省登宇　周李立
装帧设计： TT Studio
出版发行： 作家出版社有限公司
社　　址： 北京农展馆南里 10 号　　**邮　　编：** 100125
电话传真： 86-10-65067186（发行中心及邮购部）
86-10-65004079（总编室）
E-mail:zuojia @ zuojia.net.cn
http://www.zuojiachubanshe.com
印　　刷： 北京盛通印刷股份有限公司
成品尺寸： 145 × 210
字　　数： 150 千
印　　张： 6.875
版　　次： 2023 年 4 月第 1 版
印　　次： 2023 年 4 月第 1 次印刷
ISBN 978-7-5212-2152-7
定　　价： 35.00 元
